ぼくは異世界で付与魔法と召喚魔法を天秤にかける

3

横塚 司
yokotsuka tsukasa
illustration マニャ子
manyako

モンスター文庫

中等部3年
竜《りゅう》輝《き》珠《たま》樹《き》
中等部2年
長《なが》月《つき》桜《さくら》
高等部1年
志《し》木《き》縁《ゆかり》子《こ》

中等部3年
下園《しもぞの》 亜理栖《ありす》
中等部1年
田上宮《たがみや》 観阿《みあ》

「男のひとと接触して……だいじょうぶなの」
「だいじょうぶなわけ、ないじゃない」

「いいから、覚悟して目をつぶる
……おかえり」
「ああ、ただいま」

「たっぷりと、いちゃいちゃしなさい。
あなたたちが絆を深めてくれた方が、
こちらとしてもやりやすいのよ」

「バカみたい、わたし。
意地を張るのもたいがいにしなさいよ」

ぼくは異世界で付与魔法と召喚魔法を天秤にかける③

横塚 司

MONSTER
bunko

contents

第55話　謎の文字

異世界で2日目の夜。

足もとすらおぼつかない、夜の森のなか。使い魔とともにオークを叩き潰しながら彷徨《さまよ》っていたぼくは、間一髪のところを、駆けつけたたまきに救われた。

彼女は、なにもいわずに消えたぼくを、ずっと捜していてくれたのだ。

「確かめようよ。アリスの気持ち、わからないから迷うんだ」

ぼくの宿敵、シバと話し合っていたアリス。親しげだったふたりの姿を思い出すだけで、目の前が真っ暗になる。胸が苦しい。

でも、そこから逃げていてはダメなのだと、たまきはいう。

「カズさん、高等部にいこう。いまから高等部に乗りこんで、なにが本当なのか、確かめよう」

たまきの熱意に導かれて、ぼくは立ち上がる。

「だいじょうぶよ、カズさん」

忠犬少女は、無邪気に笑う。

「わたしのアリスは、ああみえて頑固《がんこ》で意地っ張りで、すっごく一途な子なんだから」

◆◆◆

ぼくとたまきは、白い部屋から出て、もとの場所、森のなかに戻る。

たまきの手のなかにある懐中電灯が、周囲を取り巻くオークたちの姿を照らし出す。

戦闘、再開。オークたちが押し寄せてくる。

だがいま、ぼくのそばにはたまきがいる。

剣術ランク6の、超一流の剣士だ。たまきの手にする、元ジェネラルの剣が、銀の軌跡《きせき》を残して闇《やみ》のなかを舞い踊る。

銀剣が一閃《いっせん》されるたび、オークが斬り伏せられていく。ノーマルのオークも、エリート・オークも、いまのたまきの前には、ひとしく雑魚《ざこ》も同然だった。

ぼくがやったことといえば、戦闘の途中で彼女に付与《ふよ》魔法ランク5のナイトサイトをかけた程度である。

「おおっ、夜なのに明るいわ。カズさん、これすごい。素敵だわ」

たまきは飛び上がりそうな勢いで喜ぶ。そこまでおおはしゃぎしてくれると、嬉しい。

闇夜に適応した少女は、懐中電灯を消し、いっそう鬼神《きじん》となって暴れまわった。

途中でぼくが、レベル16にレベルアップした。

白い部屋に赴《おもむ》くが、特にやることはない。すぐ白い部屋を出る。

和久《かずひさ》:レベル16　付与《ふよ》魔法5／召喚《しょうかん》魔法5　スキルポイント2

「それにしても、すさまじいな、ランク6ってのは……」

「へっへー。わたし、ランク6、一番乗りだね！」

戦いながら、そんな会話をする余裕すらあった。

たまきは、すべて一撃でオークの命を狩り取る。

圧倒的なちからでもって、オークたちを殲滅《せんめつ》してのけた。相手が逃げる隙すらないほどだった。


すべてのモンスターが斬り伏せられたのち。

たまきはいそいそとドロップした宝石を集める。ついでに、と彼女が取りだしたのは、無数の赤い宝石だ。

「ここに来る途中でいっぱい拾ったわ。たぶん全部じゃないと思うけど、これ、カズさんがやったんでしょう。いい目印だった」

「ああ、うん。石柱のまわりに、いっぱいオークがいて。いっぱい倒さなきゃいけない、って思って……」

ふとそこで、ぼくは目の前の石柱を見上げる。

そういえば、これはいったいなんなのだろう。どうしてオークたちは、こんなもののまわりに集まっていたのだろう。

「ねえ、カズさん。うちの学校、こんなものあったっけ」

「ぼくは高校からだから、たまきほど山に詳しくないぞ」

「んー、なかったように思うんだけどなあ」

たまきは首をひねりつつ、改めて石柱をライトで照らす。

「それに、ほら。こんなへんな模様とか、見たことないし」

彼女のいう通り、石柱の中央付近には、蛇《へび》がのたくったような奇妙な赤い文様が描かれていた。高さは、ちょうどぼくたちの目線のあたり。

って……これ、文字なんじゃ？

「リード・ランゲージ」

ためしに、ミアベンダーで手に入れた魔法を使ってみることにする。

赤い文様に意識を集中し、この魔法を使用すると……。

「座標固定、空間捜査、範囲限定」

「カズさん、なにいってんの？」

「いや、そう書いてあるんだ、これ」

「わけがわからないわ」

うん、ぼくもだ。

それにしても、嫌な感じの言葉が並んでいるな。ワープとかテレポートとか、そういった連想しかしないぞ、これ。

正直、気になる。いますぐ志木《しき》さんのところに飛んでいって、彼女の意見を聞きたい。

でも、いまは……それどころじゃない、か。ぼくは首を振って、たまきを見る。

「こっちについて調べるのは、あとまわしにしよう。まずは高等部にいく」

「わかったわ。途中の雑魚《ざこ》は任せておいて！」

たまきは、どん、と勢いよく自分の胸を叩く。肉体スキルランク1の効果を甘く見すぎていたのか、思いきりむせた。

なんか……すごく不安だ。

ま、まあでも、彼女の存在はじつに心強い。剣術ランク6の彼女がそばにいて、召喚《しょうかん》魔法ランク5のぼくの使い魔が周囲でサポートすれば、ジェネラル以外は楽勝だろう。

笑っている彼女を見ていると、ぼくまで笑いたくなってしまう。

元気な彼女と一緒にいると、ぼくまで元気になってくる。さっきまで暗澹《あんたん》とした気分で闇夜を彷徨《さまよ》っていたのが、嘘《うそ》みたいに思えてくる。

「たまき。あらためて、いわせてくれ。ありがとう」

「なにいってるの、カズさん。それこそ、お互いさまだわ」

えへんと無邪気に胸を張るたまき。

でもなあ……彼女の場合、こういう無邪気さが落とし穴なんだよなあ。少し不安そうに彼女を見ていると……。

「だいじょうぶよ、カズさん！　アリスはちょっとまっすぐすぎて、まわりが見えていないだけだから！」

どうやらぼくがアリスのことを心配しているとでも思ったのか、そんなことをいってきた。

でもな、あのな、たまき。たぶんアリスも、きみにだけはいわれたくないと思うぞ。

という言葉は、なんとか呑みこむ。

ところで腕時計を見れば、すでに午後8時をまわっていた。

ぼくは、2時間以上も彷徨《さまよ》っていたのか。そりゃあ、ガンガンレベルも上がるわ。

たまきも、さぞ捜しまわったことだろう。

本当に、心配させてしまったなと思う。たまきだけではない。きっと志木《しき》さんやミアや他のひとたちも、心配しているだろう。

でもいまはまだ、育芸館《いくげいかん》には戻れない。先にやることがある。確かめることがある。

「いこう、カズさん」

「ああ」

ぼくとたまきは、高等部の方角へ足を向ける。

◆◆◆

高等部の方角を目指して、30分ほど歩いた。

何度かオークを倒しつつ、ぼくたちは高等部の敷地に入る。

途中で一度、たまきがレベル13にレベルアップしたが、スキルポイントは温存した。

白い部屋では、少しだけいちゃいちゃした。高等部に近づくにつれ、ぼくの顔が引きつってくるようだ、とたまきは指摘した。だからぼくの緊張を解きほぐすのだといって、ぼくにべったりと貼りつく。

いやまあ、助かるけど。ぼくの身体が、精神が、いま怯《おび》えて使いものにならなくなったら、それはとても困るのだから。

その緊張をほぐしてくれる彼女には、どれほど感謝してもし足りないのだけれど……。

「嬉しいな。カズさんの役に立てるって、とても嬉しいことだわ」

そんな健気《けなげ》なことをいうたまきの頭を何度も撫《な》でた。忠犬のような少女は、目を細めて喜ぶ。

照れくさそうに笑っていた。

たまき：レベル13　剣術6／肉体1　スキルポイント4

高等部に正面から近づく気はしなかったので、途中で森のなかに入る。

使い魔はほとんど送還《そうかん》してしまった。残っているのは、ウィンド・エレメンタル2体だけだ。

あまり数がいると、草木をかきわける音で誰かに気づかれかねない。

ウィンド・エレメンタルのおっぱいを見ても、頭痛はしなかった。

かわりに、なぜだかたまきが悲しそうな顔になった。己の胸もとに手をやり、しょんぼりする。

「わたしよりおおきい……」

「正直なところ、胸はおおきさよりかたちだと思います」

「カズさん、なんで敬語なの？」

「こういう会話が恥ずかしいからです」

ぼくたちは茂みから顔を出し、高等部の門の向こう側を覗く。

高等部の本校舎が見える。その前を、オークたちがうろついていた。昼にカラスで偵察《ていさつ》したときと、あまり変わりないように見える。

いやまあ、本校舎にはたくさんオークがいるだろうから、当然だけど。

ひょっとしたら、この本校舎にもジェネラルがいるかもしれないし。

「カズさん、やっちゃう？」

銀の剣を鞘《さや》から抜きたそうなたまきに、ぼくは首を振る。

なお彼女の鞘《さや》は、ぼくが間に合わせで召喚《しょうかん》したものだ。正確には、召喚《しょうかん》魔法ランク4のサモン・ウェポンで剣と鞘《さや》をまとめて召喚《しょうかん》し、剣だけを捨てた。

「状況を確認するのが先だ」

はやる気持ちをぐっと抑える。ひとまず、まわりこんで男子寮《りょう》の方へ向かうことにした。

カラスの偵察《ていさつ》のことも、すでにたまきには話してある。男子寮《りょう》の前で、シバたちがオークと戦っていたことも。

なお、シバの持つ銃についてたまきに話したところ……。

「だいじょうぶよ、カズさん！　銃の1発くらい、がんばって耐えて、それから殴って倒せばいいんだわ！」

という、たいへん脳みそが筋肉なお言葉が返ってきた。

心意気は頼もしいけど、ほんと彼女、誰かが手綱《たづな》を引いておかないと危なくて仕方がないことにいまは、回復魔法を使えるアリスが一緒じゃないし。

ふたたび茂みの奥に戻り、森のなかを移動する。

途中で2度ほど、単独行動のオークに遭遇《そうぐう》した。なんで夜中に、こんなところに？　と思ったが、とりあえず殺しておく。

うーん、なにか捜索《そうさく》しているみたいだったけど……。

なにか、あるいは誰かが、森のなかに逃げ込んだ?

と、前を歩くたまきが立ち止まる。

「ねえ、カズさん」

緊張した面持ちで、たまきはいう。

「隠れているやつがいるよ」

「どうして、そう思う」

「志木《しき》先輩のときと、同じ感じだから」

なるほど、ぼくにはわからなかったけど、それはぼくは最高のスキルランクが5で、たまきは6だからか?

だが、そうなると。

偵察《ていさつ》スキル持ちの誰かが、このあたりに潜《ひそ》んでいて、おそらくはぼくたちに気づいている?

ひょっとして、いま始末したオークたちは、そいつを狙《ねら》ってここまで来た?

そいつは敵なのか、味方なのか。もし高等部の生徒なら……。

ぼくはウィンド・エレメンタルをすぐ近くに呼び寄せ、臨戦態勢をとらせた。

「待つでござるよ」

男性のささやき声が、近くの木陰から聞こえてくる。

って、え? ござる?

「拙者《せっしゃ》に敵意はないでござる。これから姿を現すでござるから、攻撃は控えて欲しいでござる」

「え、えと、カズ……さん？」

たまきが困惑《こんわく》してぼくを見る。ぼくは声のする方を向く。少しためらったすえ、ウィンド・エレメンタルたちに待機命令を出し、後ろに下がらせる。

少なくとも、シバの声ではない。そもそもシバは「ござる」なんてバカっぽいことをいわない。シバの仲間という可能性はあるが……。ぼくたちに話しかけてきたということは、少なくとも交渉《こうしょう》する余地はあるということだろう。

はたして木陰から姿を現したのは、黒装束《くろしょうぞく》に全身を包んだ男だった。

いや、はっきりいおう。

忍者の格好をした男だった。

「拙者《せっしゃ》、忍者のロールプレイをしているでござる」

「いや、それは見ればわかるけど」

ぼくは唖然《あぜん》として、その男を見つめた。

いやもうつーか。なんなのこのひと。

第56話　ござる

ぼくの気持ちをひとことで表現すれば、こうなる。

ニンジャナンデ。

たまきも、ぼくの隣で、ぽかんとしていた。

で、その忍者装束の男であるが……。

「あまりおおきな声を立てるのはダメでござるよ。オークに気づかれるでござる」

平然とそういい放ち、ぼくたちに背を向ける。

「ついてくるでござる。隠れ家で話をするでござるよ」

ぼくたちは忍者を自称する男についていく。

罠《わな》かもしれない、などとはこれっぽっちも考えなかった。完全に相手のペースになってて、そんなことを考える余裕すらなかった。

うん、そういう意味では、忍者装束の威力はすごいといわざるを得ない。こちらの思考力と判断力を完全に奪ってしまったのだから、とてつもない破壊力である。

これが冗談なのか本気なのか、あるいは撹乱《かくらん》作戦なのか、いまひとつわからないのだけれど……。

忍者のいう「隠れ家」は、廃棄《はいき》された小屋だった。外側はみすぼらしく、いまにも倒壊しそうである。でもなかに入ってみたところ、きちんと掃除がされていた。

木机がひとつと、それを取り囲むように椅子が４つある。

ちょっとした部室を思わせた。

使い魔には外で待機するよういい含め、ぼくとたまきがなかに入る。忍者は入り口のドアをぴたりと閉め、それから天井からぶら下げた懐中電灯をつけた。

懐中電灯の薄明かりに照らされたドアの内側に、「忍者部へようこそ」と書いてあった。

「忍者……部？」

「いかにも」

忍者は無駄に胸を張る。

「拙者《せっしゃ》、忍者部の部長でござる」

「部員は」

「忍びとはいつも孤独なのでござる」

う、うーん。いやでも、ということは、このひとは高等部の生徒……なのか？　いわれてみれば、若い……ように見えなくもない。

覆面《ふくめん》だけど。メンポ？　いやよくわからないけど、とにかく目しか見えない服装だ。

「あの。あなたが高等部の生徒なら……ぼくが誰か、わかりますか」

「1年の賀谷和久《かやかずひさ》殿でござろう。存じているでござる」

ぼくは緊張で全身をこわばらせる。そんなぼくの様子に気づいたたまきが、ぼくの手をぎゅっと握った。

だが忍者は、机を挟んで反対側にまわると、ぼくの方に向き直って……。

深く頭を下げた。ぴったり90度、見事な頭の下げかただった。

「おぬしが高等部でどういう扱いをされていたか、知らぬとは申さぬでござる。おぬしが拙者《せっしゃ》を含めた高等部の者たちにどんな気持ちを抱いているのか、察するに余りあるというもの。だがここは、どうか堪《こら》えてくださらないか」

いや、そんなことされても。というか、いまぼくが高等部に来たのは、暴れるためじゃないんだけど……。

忍者さんに頭を上げてもらい、ともに椅子に腰かける。

ぼくは簡単に、ここにきた理由を説明する。アリスのこと。シバのこと。そして、高等部の様子はおおむねカラスの偵察《ていさつ》で理解していること……。

「なるほど、賀谷殿は、好きな女子《おなご》を助けるため、身を挺《てい》して戦うということでござるな」

「ええと、まあ、それでいいですもう。あと、カズでいいです。みんなそう呼びますし」

「わたしも、たまきでいいわ。よろしくね、忍者さん！」

たまきも明るくいう。なんか、あっさりと馴染《なじ》もうとしてるな、たまき。

うん、順応性が高いのはいいこと……なのかなあ。

「了解いたしたでござる、カズ殿、たまき殿。たしかにおふたりの実力であれば、オークなど恐れるに足らずでござるな。そもそも……」

「いやちょっと待って。なんでぼくたちのいまの実力とかわかるの」

ぼくは話を遮《さえぎ》る。今度は、忍者が首をかしげる番だった。

「外に待機させている使い魔は、召喚《しょうかん》魔法ランク5のエレメンタルでござろう。それに闇夜で明かりもなく動きまわってござったのだから、どちらかが付与《ふよ》魔法のランク5に到達し、ナイトサイトを使えるようになっていることは確実でござる。たまき殿は剣をメインとし、さきほどオークをあっさり斬り伏せたその実力から、少なくとも剣術ランク4以上……ひょっとするとランク6にすら到達しているのでは？　この程度、少し観察すればわかることでござるよ」

ぼくとたまきは顔を見合わせ、ぽかんとしていた。

いや、たしかにそうかもしれないけど。彼がいっていることは間違ってないけど。というかぴったり合っているけれど。

「忍者さんって、格好だけのファッション忍者だと思っていたわ」

たまきが、いいにくいことをズバリと指摘した。

空気を読まないなあ。まあ今回は、相手が笑っているから、いいけど。

いやしかし、すごい観察力だ。冷静に指摘されればその通りなんだけど、それにしたって……ぼくたちのちょっとした行動で、ここまで丸裸にされるか。

「拙者《せっしゃ》、一流の忍者になるべく、日々、研鑽《けんさん》を積んでいたでござるよ。オークを倒した瞬間、奇妙な白い壁の部屋に飛ばされたときは、可能な限りの情報を集めたでござる」

「どうやってオークを倒したんですか」

「ロープを首に巻き、木の枝にひっかけて、テコの原理で持ち上げ、絞殺《こうさつ》したでござるよ。必殺仕事人を見習ったでござる」

そんなんで勝てるのかというか、どうしてそんな用意をしていたのかというか……。

呆れてものもいえない。というか、オークなんて非現実的な存在を相手にして、なお忍者スタイルを崩さないってどうなの。

いや待て。むしろ忍者の格好をした男がこの学校にいる方が非現実的なのではないか。オークより忍者の方がおかしいのではないだろうか。であればぼくたちが使う魔法の方が非実在であり、オークこそが真の学生であって……。

「カズさん、目がぐるぐるしているわ。危険よ、落ちついて！」

「あ、ああ……。だいじょうぶだ、たまき。ぼくは冷静だ」

「汗を拭《ふ》くでござるよ」

ハートマークのハンカチを取り出す忍者。きちんとアイロンで折り目がつけられている。なんかもう、考えるのがバカらしくなってきた。

「とりあえず、あなたの実在とかについてはいいとしましょう。あなたはいま、何レベルですか」

「レベル9でござる。偵察《ていさつ》3、剣術4、運動1でござるよ」

忍者は、あっさりと手の内を明かしてきた。知られても問題ないと考えているのか、ぼくに信用されるためには手の内を明かすべきだと打算的に考えたのか。

ぼくとしては、もうすでに完全にこのひとの忍者時空に呑みこまれてしまっているんだけど。これ、すごく忍者っぽいビルドだ。そして強い。うまく奇襲に成功すれば、エリート・オークだって倒せるんじゃないだろうか。

無駄にファッションとしていろいろついばんでいないのが、なおいい。

忍者といえば手裏剣だから投擲《とうてき》が欲しいところだけど、これは剣術スキルを使ったダガーあたりの投擲《とうてき》で代用ということなのだろう。

火魔法で火遁《かとん》の術や、風魔法で神風《かみかぜ》の術なんかに浮気したいところをぐっと堪《こら》え、スタイルと強さの両立を目指したのだろう。

スキルポイントを1だけ残していることを含めて、極めて計画的にスキルを伸ばしている。一瞬でぼくたちのスキル構成とランクを見抜いたことも含めて、少なくとも彼の判断力には信頼を置いていいのではないだろうか。

いやしかし、このスキル構成いいなあ……。

「なんか、カズさん、嬉しそう」

あ、たまきにバレてる。ゲーマー的な部分が出ていたか。

まあいい、とぼくは首を振り、改めてもう一度、忍者さんに向き直る。

「でも、偵察《ていさつ》が3もあって、たまきにバレたんですね。たまきの剣術は6ですが」

「やはり、そうでござるか。偵察《ていさつ》ランクの倍以上のランク持ちには気配を察知される、と考えるのが妥当《だとう》なあたりでござるかな」

へえ、なるほど。このあたりの情報は交換しておきたいところだ。

いやまて、とぼくは考える。

「ぼくの仲間が偵察《ていさつ》ランク1のとき、ぼくは付与《ふよ》魔法ランク3でした。それでそのひとを発見できなかったということは……」

「では、この法則は武器スキルのランク持ちのみに適用、ということでござろうか。魔法系のランクでは気配察知ができないか、あるいは武器スキル持ちより不利になるか……」

なるほど、そう考えればスジが通る、のか。

こりゃ、あとで使い魔でのテストも必須かなあ。育芸館《いくげいかん》組では、志木《しき》さん以外、偵察《ていさつ》スキルを取っていない。

彼女ひとりに試行錯誤《しこうさくご》させるのは、危険がおおきい。偵察《ていさつ》スキルに関する情報が得られるなら、多少、こちらから情報を提供するくらいは許容範囲だ。

ぼくはもう、迷わない。アリスを取り戻して、育芸館《いくげいかん》に戻る。

そのためにも、ぼくはやるべきことを見極める必要がある。

「シバたちは、偵察《ていさつ》スキルを取っているんですか」

「佐宗芝《さそうしば》本人が偵察《ていさつ》スキルを持っているでござるな。おそらくはスナイパーのような戦い方を目指しているのでござろう」

やっぱり、そうなのか。

偵察《ていさつ》スキルは、スキルの持ち主の索敵《さくてき》能力も向上させる。こっそり近寄っても見つかるということだ。志木《しき》さんによれば、遠くから見られていることすらわかってしまうらしい。暗殺や偵察《ていさつ》への対策としても優秀ということだ。

なお志木《しき》さんは、ぼくが離れたところから彼女の胸もとを観察していたことに気づいていたらしい。おそるべき能力だ。

「こっそり男子寮《りょう》に潜入して、腕を奪い返すってのも……難しいか」

ぼくは呻《うめ》く。一番後腐《あとくさ》れなく、簡単にアリスを取り戻す方法がそれだった。

たまきの話が確かなら、アリスは、ミアの左腕を人質に取られ、シバのもとへ下ったのだろう。アリスの中途半端なやさしさと、中途半端に損得勘定《そんとくかんじょう》ができない性格を考えれば、極めてありそうなことだ。

彼女の足かせを取り除き、強引にでもアリスを連れて帰る。ぼくの方にシバへのわだかまりは残るが、いまシバと全面的に対決しても、オークに利するだけである。

せっかくシバたちが高等部をまとめているのだ。彼らには、是非オークと潰しあって欲しい。時間を稼いで欲しい。

そのあたりは志木《しき》さんとの話し合いでも、結論が出ていた。

高等部といま対立するのは愚策《ぐさく》であると。いまぼくたちに必要なのは、時間であると……。

「ふむ。腕、とはなんでござるか。隠語のように聞こえるでござるが……」

忍者さんが訊ねてくる。

ああ、そういえば彼には、まだこのことは話してなかったか。

「仲間のひとりの左腕が、オークとの戦闘中にもぎ取られたんです。ステイシスをかけてあるので、治療魔法がランク４になれば後でもくっつけられるんですが……」

ぼくはジェネラル戦のことをざっと説明した。

激しい戦いのさなか、パーティはばらばらになってしまったこと。

サブメンバーが腕を回収したこと。

だが、その腕を持っていた者が、シバに襲われたこと。シバに腕を取られたこと。状況的に考えて、アリスがシバのもとへ下ったのは、彼女の腕を取り戻すためであること。

忍者さんは、黙ってぼくの話を聞いていた。

だけど、覆面《ふくめん》の向こうの顔が、次第に不機嫌になっていくのが雰囲気でわかる。トドメは、ぼくがこう告げたときだった。

「幸いにして、腕を取られた子も、命に別条はありません。左腕がなくても、明るく振る舞っています。でもミアは……」

「待てよ！　ミアってどういうことだよ！」

忍者さんは、ろーるぷれいを忘れたかのように鋭くそう叫び、激しく机を叩く。

ぼくとたまきは、びくっと身をすくめる。忍者さんは、はっと自分を取り戻し、後ろ頭をかいた。

「す、すまぬでござる」

「えーと、忍者さん、つかぬことをお伺いしますが……あなたの苗字《みょうじ》って」

忍者さんは、がっくりと肩を落とす。

「拙者《せっしゃ》、田上宮結城《たがみやゆうき》と申す。どうか、どうか忍者ごっこの件についてはミアには内密に……」

つまり、そういうことだ。

ミアの名字は、田上宮《たがみや》。彼女は高等部の兄を捜していた。

結論。忍者さん＝ミアの兄。

ぼくとたまきは、口をあんぐりとあけて、忍者こと田上宮結城《たがみやゆうき》を見つめる。

いやまあ、なんか知り合いに雰囲気が似ているなーとは思ったんだ。具体的には普通に優秀な人間にもかかわらず、すごく無駄に残念なところとか。

やがてたまきが、彼をびしっと指差して叫ぶ。

「カズさん、この兄妹、ヤバいよ！　ミアちゃんもミアちゃんだけど、お兄さんの方がもっとアレだよ！」

「たまき。悪口は聞こえないところで、な」

というか、学校がこんな状況になっても、妹に会いたい気持ちより、その格好をミアに隠したい気持ちの方が強いのか。あいつ、普段、この兄に対してどんなふうに振る舞っているんだ。

いろいろ知りたいような、知りたくないような、複雑な気持ちである。

「い、いや、ミアが生きているというのは、とても嬉しいのでござるよ。話を聞くに、おぬしたちがミアの身を救ってくださったのでござろう。そのあたりのもろもろについては、とてもとても感謝するでござる」

「その言葉を最初に聞きたかったです、小学校に持ってきたエロゲが見つかってこの学校に入れられた結城《ゆうき》先輩」

「み、ミアのやつ、そこまで話していたとは……っ」

結城《ゆうき》先輩は、ぷるぷると全身を震わせながら、机に突っ伏す。

つーかこのひと、ミアの言葉を信じるなら、３年生なんだよな。忍者の格好とか、ほんとなにしてんだ……。

いや、その忍者芸のおかげで、このひとは生き延びることができたんだ。文字通り、芸が身を助けたって感じで、そのあたりは素直に尊敬できる……かなあ。

ずっと単独行動だったのかどうかはともかく、レベル９まで上がっているわけだし。

って、うわ、レベル９か……。

「あと１レベルあれば、ミアの捨て身のアレも救われたのにね、カズさん！」

たまきが本格的にトドメを刺しにかかっていた。こいつ、本当に容赦《ようしゃ》ねえな。しかも天然なんだもんな……。

「ど、どういうことでござるか」

「うん、レベル10に上がるとですね」

ぼくは結城《ゆうき》先輩に、レベル10から使えるベンダーと、それにミアベンダーと名づけて自分の生存を知らせるという、ミアの作戦について語る。

結城《ゆうき》先輩は、頭を抱えて唸っていた。

「拙者《せっしゃ》は、ミアの努力を……う、ううむ、しかしレベル９でも、そうとうに努力したのでござるが……」

「まあ、保険みたいなもんだったんで、あまり気にしなくていいかと」

それはさておき、と。ぼくは大ダメージを受けている忍者装束の男に、改めて提案をすることにする。

ひとつの提案だ。彼がミアの兄なら受けざるを得ない提案である。

「手を貸してください。一緒にミアの左腕を取り戻しましょう。そうしたら、きっとミアも先輩を認めてくれますよ。忍者の件についても、こちらでいろいろ考えてあげてもいいです」

「その提案、拙者《せっしゃ》に拒否権はあるのでござろうか」

「あるわけないじゃないですか」

ぼくは、にっこりとする。結城《ゆうき》先輩が机に突っ伏す。

第57話　シバたちの所業

ミアの兄である高等部3年生の結城《ゆうき》先輩が教えてくれたところによると、今日の昼くらいまでは、高等部の3か所に生き残っている生徒のコミュニティがあったようだ。

ひとつはシバの率いる第1男子寮《りょう》で、残りは第2女子寮《りょう》と部活棟である。

それぞれが、独自にオークと戦っていた。

連携できなかった理由は、思想の違いであるらしい。

第1男子寮《りょう》では、シバを頂点とする独裁制が敷かれているという。

どこからか猟銃《りょうじゅう》を持ち出してきたシバは、そのちからでオークたちを倒し、取り巻きのレベルアップを助けた。本人と5人の取り巻きたちはちからによって、他の生徒に無理矢理、いうことを聞かせた。

第2女子寮《りょう》は、最初、そんなシバたちと交渉《こうしょう》しようとしたらしい。

だが交渉《こうしょう》に出向いた女子たちは拉致《らち》された。彼女たちは、男子寮《りょう》の幹部たちの慰《なぐさ》み者にされたという。

ひどい話だとは思うが、ぼくは高等部の女子がこれまでシバの行為を黙認《もくにん》していたことを知っている。

ひとによっては、積極的に加担していた。せいぜい、ざまあみろ、といったところだ。部活棟では、運動部の生徒が中心となって、早期に数名がレベルアップして1になったらしい。

運動部の教師数名を中心として団結していた。2日目の朝の時点で、レベル1以上の者が2桁《けた》を超えていたという。

なんだ、みんながんばっていたじゃないかとぼくは思う。

気に入らないけど。

でもまあ、そうして彼らは、オークを倒してくれていたんだ。素晴らしいことだ、と無理矢理に納得する。

「待って、忍者さん。お昼までは、ってどういうこと」

「昼過ぎのことでござる。大規模なオークの集団が、第2女子寮《りょう》と部活棟を襲ったのでござるよ」

それはおそらく、ぼくがカラスで偵察《ていさつ》する少し前くらいなのだろう。

オークの襲撃《しゅうげき》部隊は、100体規模であったという。少数ながら、エリート・オークも混ざっていたらしい。

育芸館《いくげいかん》のときと同じだ。ぼくたちは、育芸館《いくげいかん》手前の地形を利用して、かろうじて勝利した。犠牲《ぎせい》は出たけれど、それも最小限で抑えることができたと考えていい。

第２女子寮《りょう》や部活棟では、そこまで都合のいい防衛ラインが形成できなかったのだろう。

加えて、ぼくたちにおけるアリスやたまきのような決戦要員がいなかったら。オークは倒せても、エリート・オークの咆哮《ほうこう》を防げなかったら。

実際、敵は圧倒的だったらしい。蹂躙《じゅうりん》された。抵抗した生徒は、そのほとんどが殺されたという。

「オークの群れは、第１男子寮《りょう》には来なかったの？」

たまきがきょとんとして訊ねる。

「オークたちを他の２か所に誘導《ゆうどう》したのは、第１男子寮《りょう》の面々でござるからな」

「え、ちょっと待って。それって……」

「シバという男は、自分に従わない者たちを潰すため、部下を使ってオークたちの注意を引き、２か所の抵抗拠点をオークに発見させたのでござるよ。ネトゲでいうなら、トレインでござるな。迷惑行為もいいところでござる」

いや、迷惑行為というか、なんというか、これはもう……。

ぼくは呆れ果てた。シバを昨日、殺そうとしていたぼくをして、ここまで呆れさせるとか……。なんかもう、すごいぞ。

たまきはまだ理解が追いついていないようで、目をぱちくりさせている。トレインってなんだろう、というので、簡単に説明してやる。

「え、ちょっと待って、ちょっと待って！　だって、生き残っているひとたちは、みんな仲間だわ。どうして仲間の邪魔をする必要があるの？　ねえ、おかしいでしょう」

「おかしくないよ、たまき。実のところ、こういった行為を誰かがしてくる可能性も、ぼくと志木《しき》さんは考えていた」

「志木《しき》さんが……？」

「彼女も、シバのことはよく知っているからね。あいつならやりかねないって、そういっていた」

その可能性があるからこそ、ぼくたちは高等部との接触に慎重だったのである。自分の邪魔をするやつを徹底的に叩きつぶすというのは、シバの性格ならありうることだ。

なにせぼくは、彼のそういった逆鱗《げきりん》に触れた結果として、ひどい目に遭《あ》った。地獄の淵《ふち》を彷徨《さまよ》った。

結城《ゆうき》先輩もそういった彼の性格を知っているのか、腕組みして唸る。忍者マスクに隠れた表情は、さぞ苦虫をかみつぶしていることだろう。

「結果として、昼過ぎには、３ケ所の拠点のうち2ケ所が潰されたでござる。かろうじて生き残った者たちは、シバやオークに見つからないよう何ケ所かに分かれて隠れたでござるよ。拙《せっ》者《しゃ》、そういった拠点を繋ぎ、生き残りが隠れることを援助する方向で奔走《ほんそう》していたでござる」

「全部で、何人くらいがそうして生き残ったんです」

「シバのもとへ下った者を除くと……20人といったところでござろうな。そのうち、レベル1以上の者は3、4名でござろう」

思った以上に多いと見るべきか、少ないと考えるべきか。

その数も、これからさらに減るだろう。彼ら、彼女らは、今夜を生き延びることができるのだろうか。

「いま、シバのもとには何人くらいいるんだ」

「奴隷《どれい》同然の扱いをされている女子を含め、50名といったところでござるな」

結構、いるな。そのうちどれくらいがレベル1以上なのかは不明だけど、戦闘員の数だけなら育芸館《いくげいかん》以上かもしれない。

彼らがぼくたちの味方なら、どれほど心強いだろう。

現実問題として、それはありえない。彼らは潜在的《せんざいてき》な敵だ。

シバがリーダーであるから、というだけではない。シバに飼いならされている以上、シバがいなくなっても、彼らは同じようなことをするだろう。そうすることでしか、集団としての統率がとれないだろう。

そんな彼らでも、ぼくら育芸館《いくげいかん》組に手出しをしないのなら、利用価値はある。彼らが高等部のオークを倒してくれるなら、放っておいた方が都合がいい。

敵の敵は味方なのだ。

だが、シバはアリスに手を出した。ぼくたちにちょっかいをかけてきた。志木《しき》さんを銃で脅《おど》して、ミアの腕を奪い、おそらくはそれを脅《おど》しに使った。

彼は一線を越えてしまった。

ぼくの本心をいえば、いますぐ殺してやりたい。全力で使い魔を呼び出し、いますぐ第1男子寮《りょう》に向かって、シバをはじめとする生き残りの生徒と教師を虐殺《ぎゃくさつ》してやりたい。

そのうえで、アリスを取り戻すのだ。

そうできれば、どれほどいいだろう。

現実問題、適切な行動とはなにか。

交渉《こうしょう》だろう。拒絶されるとはいえ、交渉《こうしょう》のかたちを取る。

その間も、裏では動いて……。交渉決裂《こうしょうけつれつ》と同時に、一気にカタをつける。

うん、他にもいくつか手は考えられるが、そのあたりが妥当《だとう》だろう。

ぼくはだいたいの作戦をふたりに説明する。ふたりとも、納得してくれた。

特にやる気だったのは、意外にも結城《ゆうき》先輩だった。彼には、妹であるミアの左腕をこっそり取り返すという役目を受け持ってもらう。

「兄として、せめてそれくらいはしてやりたいでござるよ」

そういって、結城《ゆうき》先輩は笑った。

「任せてくだされ。じつは第1男子寮《りょう》内部に草がいるでござる。その者と連絡を取り、うまくシバを出し抜いてご覧にいれるでござるよ」

「ねえカズさん、草ってなあに」

「隠密《おんみつ》、密偵《みってい》のことだよ。スパイってこと」

なるほど、第1男子寮《りょう》組も一枚岩ではないということか。そのあたりを利用し、うまくスパイをつくってしまうとか……。ほんとすごい手腕だな、このひと。

格好はアレだけど。口調もアレだけど。というかいろいろアレだけど。

◆◆◆

そうして、綿密《めんみつ》に立てた作戦は、無駄になる。

ぼくたちが忍者部の小屋を出て第1男子寮《りょう》に近づくと、行く手から戦いの音が聞こえてきたのである。

ぼくたちは顔を見合わせる。

深夜だけど、結城《ゆうき》先輩にもナイトサイトをかけてあるから、全員が明かりなしで互いの顔を見ることができる。

なお結城《ゆうき》先輩には、ほかにもぼくの付与《ふよ》魔法をあらん限りかけてあった。忍者装束にはハード・アーマーを、各種忍者武器にはハード・ウェポンもかけてあげている。ついでに、サモン・ウェポンで長剣を召喚《しょうかん》し、ハード・ウェポンをかけて渡した。

「かなりの数のオークがいるようでござるな」

偵察《ていさつ》スキルを持つ結城《ゆうき》先輩が、しばし耳を澄ませて、そう語る。

遠くここまで聞こえてくるほどの、おおきな咆哮《ほうこう》。あ、こりゃエリートもいるなあ。

「100体規模、かな」

「えーと、第1男子寮《りよう》って守りやすいの？」

ぼくは記憶のなかの男子寮《りよう》周辺を思い出す。

どうかなあ。いちおう、きちんと事前に襲撃《しゆうげき》を察知できれば、でもって途中に穴を掘ったりして邪魔できれば、うまく分断できなくもない……かも？

そのあたりの事前準備がどうなのか、ぼくは結城《ゆうき》先輩に訊ねる。

予想通り、返答は「否」だった。

「彼らは昼間、ほかの拠点の邪魔をすることに専念して、あとは個々のレベルアップに忙しかったようでござるよ」

なるほど、ぼくがシバを見たのも、第1男子寮《りよう》ではなく、第2男子寮《りよう》の付近だった。

あのあたりまで出張し、オーク狩りをしていたのだろう。

しかし、となると……。

ぼくは唇を噛《か》む。高等部の拠点が壊滅《かいめつ》するのは、別にいい。シバが危険な目に遭《あ》うのも、ざまあみろといったところだ。

だが、あそこにはいま、きっとアリスがいる。彼女はきっと、先頭に立って戦わされるだろう。

昼の戦いでは、極力、彼女が敵に囲まれないよう、ぼくと志木《しき》さんが必死で采配《さいはい》を振るった。囲まれるような突撃の場合でも、敵に混乱をもたらしたあとで、組織的な反撃が来ないタイミングを狙《ねら》った。アリスやたまきには、信頼できる仲間が常にそばにいた。ぼくやミアも、必ず援護できる位置にいた。

いまは、夜だ。彼女にかけたぼくの付与《ふよ》魔法なんて、とっくに切れている。いまのアリスが、たったひとりでオークの群れを塞《ふさ》ぎとめることは……。

不可能だろう。

「助けにいこう」

ぼくはためらいなく、そう宣言する。

アリスの笑顔が脳裏をちらつく。やっぱりぼくはアリスが好きなんだと、苦笑いする。

「シバとか高等部とか、もうどうでもいい。とにかくアリスを助ける。そのために参戦する」

「わかったわ、任せて！　正直、難しい話はよくわからないけど、アリスを助けるなら問題ないわ！」

「そうで……ござるな。よし、ミアの腕の方は拙者《せっしゃ》に任せるでござる。どさくさにまぎれて、なんとかしてみせるでござるよ。成功したら、狼煙《のろし》がわりに花火を打ち上げるでござるから、

期待するでござる」

　ぼくたちはうなずき合い、行動を開始する。

　結城《ゆうき》先輩はぼくたちと分かれ、おおまわりして第1男子寮《りょう》の裏から侵入するらしい。

　ぼくとたまきは、オークたちの側面にある丘に登る。小高い丘から第1男子寮《りょう》前の広場を見下ろす。

　広場を埋め尽くすように、オークたちが詰めかけている。

　男子寮《りょう》付近に机や椅子でバリケードができている。バリケードの上に、煌々《こうこう》と蛍光《けいこう》照明がついていた。発電機をまわして、ライトアップしているのだ。バリケードの裏から、生徒たちがものを投擲《とうてき》したり、隙間から槍《やり》でオークを突いたりしている。

　そんななか、ひとりの小柄な女子が、槍《やり》を手に、バリケードの外で大暴れしている。

　アリスだった。アリスはオークの群れを相手に孤軍奮闘《こぐんふんとう》していた。

　彼女が槍《やり》を振るうたび、数体のオークがなぎ倒される。槍《やり》を突くたび、1体のオークが絶命する。あまりの無双《むそう》ぶりに、彼女の周囲だけ、真空地帯のようにオークの姿がない。

　それでも、アリスだってそうスタミナがあるわけじゃない。いつかちから尽きるだろう。そうなったら、もう、数のちからに抗《あらが》うことはできない。

　いま前衛となっているオーク軍団の背後には、督戦役《とくせんやく》のエリート・オークも複数いる。厄介《やっかい》なことに、ヘルハウンドの姿すらある。ジェネラル以外は総登場だ。

敵は本腰。アリスがいなければ、第1男子寮《りょう》はたちどころに陥落《かんらく》するだろう。

いや、たとえアリスがいたとしても……。

「いくぞ、たまき」

「任せて、カズさん！」

ぼくは使い魔を呼び寄せ、付与《ふよ》魔法をかけていく。ランク5の使い魔のうち、今回はファイア・エレメンタルを4体。炎に包まれた裸の男が出現する。頭と下半身は炎に包まれ、地面から少し浮いている。右手には曲刀を持っている。ちょっと中東っぽい雰囲気だ。

これでぼくのMPは、残り60だ。

だが、これでいい。これだけあればいい。

ディフレクション・スペルで拡散し、たまきとぼく、4体のファイア・エレメンタルにキーン・ウェポン、フィジカル・アップ、マイティ・アーム、レジスト・エレメンツ：火をかける。

自分とたまきに、クリア・マインド。最後に、やはりディフレクション・スペルで、ヘイスト。

ぼくたち全員が赤い光に包まれる。残りMPは23。

「突撃！」

ぼくたちは、一斉に丘を駆け降り、オークの群れの側面に突っ込んでいく。

深夜の戦いが始まる。

アリスを助けるための戦いだ。

第58話　高等部第1男子寮《りょう》攻防戦

ぼくたちのフォーメーションは、楔型《くさびがた》だ。たまきを先頭とし、少し後ろにぼく。さらにぼくの周囲を4体のファイア・エレメンタルが囲む。

斬り込み役のたまきが、オークの群れに突撃する。

銀の剣を振るい、すれ違いざま、斬り捨てていく。まるで時代劇の殺陣《たて》を見ているかのようだった。

剣術ランク6となっているたまきにとっては、すでにエリート・オークすらも敵ではない。

青銅色の肌のオークが、鎧袖一触《がいしゅういっしょく》、蹴散《けち》らされていく。

たまきは調子に乗って、さらに勢いよく斬り込む。

「さあ、どんどん来なさい！　片っ端からやっつけてあげるんだから！」

って、おいこら。前に出すぎだ。

こっちのフォローができないほど突出すると……。

オークの群れに阻《はば》まれて、たまきの姿が見えなくなった。

ああもう、ちくしょう。これじゃあファイア・エレメンタルで背中を守ることすらできない。

そのファイア・エレメンタルたちは、手にした曲刀を振るってオークたちを倒し、地道に道を切り開く。ファイア・エレメンタルに近寄るオークたちは、全身を包む炎によって焼かれ、悲鳴をあげる。

この炎、ぼくやたまきにとっては、まったく熱くない。これはレジスト・エレメンツ：火をかける前からだ。

どういう仕組みになっているのか気になるところだが、ファイア・エレメンタルの炎は、仲間に影響を及ぼさないようなのだ。MMORPGのフレンドリィ・ファイア設定のようなものかもしれない。

いまのところ自分たちにとって一方的に有利なのだから、まあどうでもいいか。炎のむさ苦しい男たちに四方を囲まれ、ぼくは前進する。

そして、レベルアップ。白い部屋へ。

◆　◆　◆

白い部屋には、ぼくとたまきのふたりしかいなかった。もしアリスが同じパーティのままなら、彼女もこの場にいるはずなのだが、予想通り、パーティを解除していたか。

まあ、いい。きっと、シバにいわれたことだろうから。

それはさておき。

「こら、たまき。先に出すぎだ」

「ごめんなさいっ」

たまきは両手を顔の前で合わせ、恥ずかしそうに笑う。ああもう、反省しているんだか、していないんだか。こいつはいつも、調子に乗るなあ。

「普段はそれでもいいいんだけどな。きみの隣には、いつもアリスがいて、きみのフォローしてくれるんだから」

「うー、わかっているわ。わたしはいつも、アリスにフォローしてもらってるってこと。アリスには、誰よりも感謝してる。ひょっとしたらカズさんよりも、アリスのことを大切に思っているわ」

たまきの場合、アリスにお世話されてるって感じがすごいもんな。アリスも、たまきの世話をするのが好きそうだし。

きっと彼女たちは、ふたりでひとつのような関係なのだろう。ひょっとすると、ぼくの方が、彼女たちの間に割り込む異分子なのかもしれない。

まあ、別にそうだとしても、遠慮する気はさらさらないけど。

アリスを取り戻して、今度こそぼくのものにする。

そのうえで、もうひとつ。たまきもぼくのものとして宣言する。

これは決定事項だ。欲張りで、ひどくモラルに欠ける行為で、ふたりにはちょっと我慢させることになるかもしれない。

だけど、ぼくたちがぼくたちのままでいるためには、こうするしかないんだろう。

互いが互いに、とことんまで依存するべきなんだろう。

ぼくも、たまきも、弱い人間なのだから。

そう、今回のことで、つくづく思い知った。ぼくはどこまでも弱い人間だ。ひとりではなにもできない人間だ。それが結果的にアリスのため、ぼくのため、さらにはたまきのためだというなら、ぼくはもう、迷わない。

だからといって……。

ぼくはたまきを睨《にら》む。

「アリスと合流する前にきみが倒れちゃ、本末転倒なんだからな。きみは強いけど、ぼくたちにはいま、回復役がいない。背中を守ってくれるアリスもいない。ファイア・エレメンタルとの連携を崩すな。いいね」

「わかったわ、カズさん！」

元気よくうなずくたまき。

うん、元気だけはいいんだ、こいつ。ぼくはため息をつき……。

スキルには手をつけず、エンターキーを押しこむ。

もとの場所へ戻る。

和久《かずひさ》：レベル17　付与《ふよ》魔法5／召喚《しょうかん》魔法5　スキルポイント4

◆　◆　◆

白い部屋から戻ってほどなく、オークの海をかきわけ、というか邪魔するオークを斬り伏せまくって、たまきが戻ってくる。

ふたたび隊列を組み直し、前進を再開する。

背の高いファイア・エレメンタルに、アリスの方角をそのつど教えてもらう。ついでに、時々飛び上がってもらい、周囲の状況を確認させる。

アリスの位置は左手前方であるとのことだ。そして、まずいことに右手前方からアリスがいる方角へ、黒い巨大な犬が迫っているという。

ヘルハウンドだ。

ぼくは焦《あせ》る。レジスト・エレメンツ：火がかかっていないいまのアリスが、ヘルハウンドのブレスを喰らってしまえば……。

「たまき、状況が変わった。一気に道をつくれ」

「あいあいさーっ！」

ぼくは再度、ディフレクション・スペル＋ヘイストをかける。全員の身体が赤く輝く。

ぼくたちは、一丸となってオークの海を漕《こ》ぎ進む。

たまきが突進し、できた穴をファイア・エレメンタルが押し広げる。ぼくも、少々強引に突破を図る。後ろの方に1体、ファイア・エレメンタルを配置し、背中の安全だけは確保する。

途中で一度、たまきがレベルアップする。

スキルポイントは貯めておいてもらう。彼女には、最速で剣術のランクを7にしてもらいたい。ランク7になれば、ジェネラルとも互角に渡り合えるだろうからだ。

すぐ、白い部屋を出る。

たまき：レベル14　剣術6／肉体1　スキルポイント6

レベル14になってからも、たまきはオークを斬り伏せ続ける。さしものオークたちも、あまりの損害の多さに足並みを崩す。一部が恐慌《きょうこう》状態になって逃げ始める。

ぼくたちが側面から突入したのも効果的だった。敵軍は期せずして2方向から挟まれる形となったからだ。

そして、待ちかねたものが来る。

第1男子寮《りょう》の屋上から、派手に花火が上がったのだ。

コンビニで買えるロケット花火だった。だがそれは、異世界の双月の夜空を裂《さ》き、派手な爆発とともにカラフルな火花を散らした。

花火の真下に、ひとりの男がいた。忍者装束に身を包んだ男が、妙なポーズをつけている。棒きれのような、バトンのようなものを高々と振り上げている。

きっと、ミアの腕だ。

よし、ありがとう、結城《ゆうき》先輩！　でもそのスパイダーマンのポーズはどうかと思います。

これで、あとは……。

花火を新手の魔法とでも思ったか、いっそう慌《あわ》てるオークたち。

異形のモンスターが逃げまどう。

そして一瞬、ぼくたちとオークの群れの間に隙間ができる。

アリスの姿が見えた。

アリスは、接近してくるぼくたちを見つけ、驚いた顔になる。ぼくは、彼女をまっすぐに見て、腹の底から叫ぶ。

「アリス、戻ってこい！」

いてもたってもいられず、アリスに向かって駆けだす。

「あ、ちょっと、カズさん！」

たまきの慌《あわ》てた声。

知るか。さっきたまきの軽挙妄動《けいきょもうどう》を怒ってたぼくだけど、実際にアリスの姿を見たとたん、足が動いてしまう。フィジカル・アップとヘイストのちからを使って、オークの群れの間を一気に駆け抜ける。

オークも、突然の乱入者に対して身動きが取れなかったようだ。

アリスに対するオーク包囲網の内側に飛び込む。

そして、気づく。

オークの群れを割って、ヘルハウンドが飛び込んできていることに。

ヘルハウンドの喉もとにある袋が、風船のように膨《ふく》らむ。ブレスの兆候だ。まずい、来る。

「アリス！」

ぼくはアリスに覆《おお》いかぶさる。直後、紅蓮《ぐれん》の炎がぼくの視界を包み込む。

灼熱《しゃくねつ》の業火《ごうか》に背中をさらし、ぼくは苦悶《くもん》の声をあげる。

だけど、そんななか、同時に。ぼくの腕のなかで縮こまるアリスを見下ろして。

ぼくは、微笑《ほほえ》む。

「か、カズ……さんっ」

「ミアの腕は、取り返した。戻ってこい」

「で、でも、わたし……っ」

「ぼくがきみに戻ってきて欲しいんだ、戻ってこい！」

「は、はいっ！」

ブレスが終わる。振り向けば、こちらに向かって突進してくるヘルハウンドの姿がある。巨犬が地面を蹴って跳躍《ちょうやく》し……。

ぼくは、アリスに接触したまま念じる。

パーティを組む、と。

抵抗は、なかった。

「はい」

アリスの、静かな声。ぼくはよし、とうなずく。

ほぼ同時に、オークの群れから飛び出したたまきが、宙を高く舞う。空中で、ヘルハウンドと交錯《こうさく》する。銀の剣が、ヘルハウンドの胴を薙《な》ぎ払う。

「アリスを、カズさんを、傷つけるなっ」

全長3メートルもの巨体を誇《ほこ》るヘルハウンドが、たまきの一撃で吹き飛ばされ、地面を転がる。そうとうな深手を負ったのか、よろめきながら立ち上がろうとするが……。

たまきが着地と同時に追撃《ついげき》する。立ち上がろうとするヘルハウンドの首めがけて、剣を一閃《いっせん》。銀の軌跡《きせき》が魔犬の首を刎《は》ねる。

すごいな、あの銀の剣。ヘイストがまだ効いているとはいえ、たいした威力だ。

いや、もちろんたまきの技量もすさまじいんだけど。

レベルアップの音が、ぼくの耳もとで響《ひび》き渡る。どうやら、ぼくはレベル18になったようだ。

◆◆◆

白い部屋。そこにいるのは、ぼくを含めて3人。

ぼく、たまき、そしてアリスだ。

アリスが、不安そうな顔でぼくたちを見る。まずたまきが駆けだし、ぎゅっとアリスを抱きしめる。

「アリス！　バカっ、心配したわ！」

「た、たまきちゃん……ごめんなさい、わたし」

アリスに頬《ほほ》をすりつけるたまき。そんな彼女の様子に、苦笑いするアリス。

ああもう、すっかりアリスは、たまきのお母さんだなあ。

ぼくはアリスに声をかけ、ゆっくりと歩み寄る。アリスがぼくを見て、わずかにひるむ。

「おかえり」

「あ、あの。……カズさん、どうして、ここに」

「いろいろあったんだ。だけど、いまは、きみがここにいる。それだけで、いい」

アリスは少し戸惑《とまど》ったあと、ぼくをまっすぐに見つめてくる。

「なにが、あったんですか。わたしが……いない間に」

「アリス。ぼくはね、きみがシバと会うところを見てしまった。リパルション・スフィアのなかでね」

その言葉だけで、アリスは状況を理解したようだ。さっと顔色を青ざめさせる。

「違うんです。そ、それは誤解で、わっ、わたし、シバ従兄《にい》さんがミアちゃんの左腕を……」

シバ従兄《にい》さん、か。ぼくは胸の痛みを覚える。それを表情には出さないよう、必死で平静な様子を保つ。

「知ってる。あのときは、知らなかった。いまは全部、知っている。きみがシバの従妹だってことも」

アリスはうつむいた。桜色の唇を、きつく噛《か》みしめる。

「ごめんなさい。わたしが昨日、シバ従兄《にい》さんのことをきちんと説明していれば……。シバ従兄《にい》さんは、いったんです。わたしが従兄《にい》さんについていけば、ミアちゃんの腕を返すって。ジェネラルを倒すまでの間だけ、手伝ってくれればいいって……」

なるほど、そういう条件か。だけど、あいつがそんな約束を守るわけ……。

いや、守るか。

ぼくは気づく。シバのやつは、外道で非道なやつだけど、約束は破らない。

そこがやつのなにより狡猾《こうかつ》なところだ。やつの味方になった者は、彼の言葉を信用できる。

次第に、やつのいいなりになっていく。

麻薬のようなものだ。シバの言葉を受け入れた者は、シバ依存症になっていく。アリスも、その罠《わな》に囚《とら》われかかっていた。

だけどその罠《わな》は、食い破られた。ぼくが食い破った。

「それはいい。いまはいい。うん、以前に起こったことは、もう全部うっちゃっていい」

ぼくはアリスの頬《ほほ》に手をあてる。アリスが顔を上げる。涙にうるんだ瞳《ひとみ》でぼくを見つめる。

ぼくはアリスに口づけする。たまきのすぐそばで、アリスと舌を絡めるキスをする。

顔を離す。アリスは、喘《あえ》ぐように空気を求める。頬《ほほ》を朱に染めて、ぼくを見る。

「カズさん、わたし」

「きみは、ぼくのものだ。これからも、ずっとだ」

「はい」

そのうえで、ちらりとたまきを見る。不安そうにぼくを見返す金髪の少女の頭をぐしぐしと乱暴に撫《な》でる。

きょとんとしてぼくたちの様子を見るアリス。

いまのうちに、説明しなきゃいけない。いま話さなきゃ、きっといつまでも隠しとおす羽目になる。

だからぼくは、少しいい辛いことを全部、正直に語る。

自棄《やけ》になって夜の森を彷徨《さまよ》ったこと。オークたちを片端から殺したこと。ぼくを、たまきがひとり、追いかけてきてくれたこと。

そんなたまきに、ぼくは命を救われたこと。そのときに起きたこと、すべて。そして、そのあとの話し合いのこと、すべて。

「それも、全部、わたしのせい、ですね」

「ぼくの心が弱かったせいでもあるよ」

「でも、よかったです。わたしは……少し、嬉しいです。それで、あの……」

ぼくは、アリスとたまきを両方一緒に抱きしめる。ちから強く、抱きしめる。これでもかと、強く強く、ふたりの体温と臭いを感じる。

「ぼくは、ふたりがいないと、ダメみたいだ。頼む。ふたりともぼくを愛してくれ」

いった。ひどいことをいった。鬼畜外道《きちくげどう》なことをいった。

でもたぶん、これがいま、ぼくたちにとって必要なことだった。みんなで一緒じゃないと、ぼくたちはこの先、きっと生き残れない。

今日1日で、何度もギリギリの戦いをくぐりぬけた。そのすべてに紙一重で勝利できたのは、ぼくたちが互いの絆《きずな》を信じていたからだ。ぼくはその絆《きずな》を強めるために、あらゆる手を使う。

もちろんそれは、ぼくの弱い心をカバーするためでもある。正直、アリスとシバの密会を見てしまったときのぼくは、最悪の状態だった。自分がここまで脆《もろ》いとは思わなかった。

少し冷静に考えることができれば、いくらでも解釈のしようはあったはずだ。でも、それができなかった。ぼくは、ぼく自身の脆弱《ぜいじゃく》な部分を受け入れて、対策を講じなきゃいけない。

そのためには、アリスとたまきのふたりが必要だった。ひとりでは、ダメなのだ。そう理解してしまえば、あとはふたりの気持ちだけだった。

はたして、ふたりの少女は。

一度、互いの顔を見たあと、ぼくに向き直り……。

揃って、うなずく。

「わたしたちは、カズさんのものです」

アリスがいう。

「わたしたち、ふたり一緒に、あなたにあげるわ」

たまきがいう。

「わたしたちの弱いところ、カズさんの弱いところ、少しずつ埋め合わせなきゃいけないのね」

「ああ、そうだ。ぼくは弱い。弱すぎる。だけどその弱さを放置するわけにはいかない」

「わたしたちが、支えます。カズさんのこと、ずっと、支えてみせます」

ぼくはふたりに、順番にキスをした。それからもう一度、強く抱擁する。

ぼくたちは白い部屋で、長いこと抱き合った。

第59話　ぼくは皆のために召喚《しょうかん》魔法を選ぶ

アリスが、佐宗芝《さそうしば》のことを話してくれた。

彼女にとってのシバ従兄《にい》さんについて、教えてくれた。

最初は語ることをためらっているようだったが、ぼくが無理にでもと頼んだのだ。

ぼくは彼のことを知らなきゃいけなかった。殺したくて仕方がないほど憎む彼のことをすべて知って、そのうえで決断しなければならなかった。

「わたしが貰われ子だって話は、以前にしましたよね。わたしを引きとった家庭は、そのあとすぐ、両親の関係が冷え切ってしまったんです。そんななかで、近くに住んでいた親戚《しんせき》のシバ従兄《にい》さんだけは、親身になってくれました。おれの手下になるなら、おまえを寂しくさせないって、そういってくれたんです。頭を撫《な》でて、ぎゅっと抱きしめてくれて……シバ従兄《にい》さんにそうしてもらえると、とても安心できたんです」

ああ、なるほど。ぼくは納得する。それはとても彼らしい行動だと思う。

シバという男は、自分のものになった相手に対しては、とても情が厚い。

逆に自分のものにならない相手は、ひどく憎む。

だから彼に従う者たちは、意外なほど彼を慕《した》っている。それは彼を中心とした組織がうまくいっている理由でもある。

ぼくは、そんな彼を中心とした構造が気に食わなかった。つい、声をあげてしまった。

結果、睨《にら》まれた。あとは知っての通りだ。

「シバ従兄《にい》さんは、わたしの義理の両親にも信頼されていました。中学校を受験するときも、シバ従兄《にい》さんと同じ学校にいくならお金を出す、って。面倒見のいいシバ従兄《にい》さんと一緒ならだいじょうぶだろうって、そういって送り出してくれました。でも入学してから、わたしはあまりシバ従兄《にい》さんを頼りませんでした。ひとりでがんばろうって、そう決めたんです。誰かに頼ってばかりのわたしじゃダメだからって、そう思って……」

そういって、アリスはうつむく。

「でも、知ってました。シバ従兄《にい》さんが学校のなかで好き勝手に振る舞って、暴君として君臨していること。親の権力をかさにきていること。わたしはそれを、見て見ぬふりしてました。だから、カズさん、わたしも同罪で……」

ぼくはアリスの頭をやさしく撫《な》でた。

「いいから、話を続けて」

アリスは顔を上げる。目もとに涙をいっぱい溜めて、すがるようにぼくを見上げる。

「でも、カズさんっ」

「ぼくはアリスを嫌ったりしない。絶対だ。だから、教えてくれ」

アリスは、ためらいがちに続きを語る。シバとは1か月に1度くらい、会う仲だったと。シバはなにかと、アリスを気にかけてくれたようだ。

かわいらしくて、彼を慕《した》う、控え目な従妹。

きちんと彼のいうことを聞く、賢《かしこ》い従妹。

アリスは彼に対して、理想的な従妹を演じ続けた。理想的な従妹であるアリスに対して、彼はやはり理想的な従兄として報《むく》いた。

そんな関係は、彼が中等部から高等部に進学しても続いた。

といっても、アリスは高等部には一度もいっていない。時折、彼が中等部に来て、アリスに困ったことはないか、欲しいものはないかと問うのだ。

あるいは、気の効いたちょっとした贈り物を贈るのだ。

理想的な関係だった。いっけん、とても仲の良い従兄妹関係だった。

それだけで終わるはずだった。アリスは彼の汚い面からずっと目をそむけていた。

すべてが変化したのは、昨日の夕方、白い部屋でのこと。ぼくとアリスが身体を重ねた直後のことだ。

ぼくから彼の名前を聞いて、アリスは危機感を抱いたのだという。

もし自分とシバの関係がぼくに知られたら。

「カズさんがいたから、育芸館《いくげいかん》は解放できたんです。カズさんがわたしを嫌いになるのはとても辛いことですけど、それは仕方がありません。わたしの自業自得です。でもわたしたち全員に見切りをつけてしまったら……わたしのせいで、みんなが死んでしまいます。たまきちゃんが死んでしまいます」

「だから、たまきをぼくにあてがおうって？」

「ええと、その。幸い、たまきちゃんは、カズさんのことをとても気に入ったみたいでしたから……」

アリスは、いい辛そうにして目をそらす。

ぼくはそんなアリスの頬《ほほ》を指でつまんで、引っ張った。

「たまき」

「うん、任せて！」

たまきがアリスのもう片方の頬《ほほ》をつまんで、反対側に引っ張った。

いっせーの、で離す。ぱちん、と音がして、アリスの頬《ほほ》は真っ赤になる。

アリスは「痛いです」と涙目になる。

「今のは罰《ばつ》だわ、アリス」

たまきが腰に手を当て、アリスを睨《にら》む。

「そんなことしなくても、わたしはカズさんを好きになったわ。そもそもアリスがカズさんにきちんと相談してくれれば、カズさんはきっと、わたしたちのことを考えてくれたわ」

だいたい、いいたいことはたまきにいわれてしまった。

とはいえぼくの落ち度はある。たくさんある。

たとえば、冗談とはいえ、アリスがいなくなったらたまきを巻きこんで後追い自殺する、といったこととか。

あれはいくらなんでも、ひどかった。

アリスとシバの密会を見て、勝手に最悪の事態を想像したのも、ぼくが悪い。過去の出来事がフラッシュバックし、パニックを起こしてしまったとはいえ、それも結局はぼくの心の弱さだ。

ぼくは自分の弱さと向き合わなきゃいけない。そのうえで、弱さを乗り越えるために、誰かにすがりつくことを良しとしなきゃいけない。

だから、どれほど情けなくても、ぼくはアリスとたまきに助けを求める。

「ま、これでぼくたちはもう、互いに隠しごとなしだ」

「は、はい」

「あ、それとも、まだ隠していることがある？」

「え、ええと……ほとんどないです」

アリスが頰《ほほ》を染めてそっぽを向く。

え、なんだよ。まだあるのか。

「いえ、その……これはいう必要がないことで……」

「あーりーすーっ！　隠しごとはナシでしょう！」

「で、でもっ。じゃ、じゃあ、たまきちゃんにだけ」

アリスとたまきは、ふたりで少し離れて、内緒話をする。

寂しい。はあ、とぼくは落ち込む。

ふたりはすぐ、戻ってくる。

たまきが、けらけら笑っている。アリスは、たまきの体操着の裾を掴んで半泣きだ。

「あのね、カズさん、聞いて聞いて」

「わーっ、わーっ！　たまきちゃんの嘘《うそ》つき！　話さないっていったのに！」

「だいじょーぶ、カズさん絶対、嫌ったりしないって」

あー、なんかだいたいわかった気がする。というか、真っ赤になって口もとを手で隠し、ぼくをちらちら見るアリスを見ていると、なんとなく想像がついてしまった。

「あのね、カズさん。アリス、カズさんとシたくてしょうがなくて、さっきお昼に……」

「うん、もういいから、黙っていような」

ぼくはたまきの頭に手を置き、ぽんぽんと叩く。

「秘密はなくすべきだけど、デリカシーとプライバシーをなくせとはいってない」

「うん、わかったわ！」

たまきは明るくうなずく。アリスは真っ赤になって顔を手で覆《おお》い、しゃがみこんでしまっている。これはひどい。

話題を変えて、ぼくたちは白い部屋を出る前の打ち合わせに移る。ぼくは、これからどうするべきか、だいたいの方針を打ち出す。

ふたりとも異論はないようだった。

「じゃあ、ぼくは、召喚《しょうかん》魔法を上げるよ」

和久《かずひさ》：レベル18　付与《ふよ》魔法5／召喚《しょうかん》魔法5→6　スキルポイント6→0

リターンキーを押して、ぼくたちはもとの場所へ戻る。

◆◆◆

戦場に戻ってすぐ。

ぼくたちはオークの群れを狩り取るため、動き出す。

いまオークは、混乱している。倒せるだけ、倒すべきだった。高等部のひとたちには、経験値をありがとうといいたい。

アリスが、たまきと肩を並べて前線に立つ。ぼくはファイア・エレメンタルを2体、そばに置き、残る2体を前線に出す。

あっという間に、たまきのレベルが上がる。

白い部屋で、たまきのレベルを確認する。レベル15だ。たまきはこれで、スキルポイントが8。

彼女は剣術スキルを上げ、ランク7にする。

たまき：レベル15　剣術6→7／肉体1　スキルポイント8→1

さらにオークを6体倒したところで、アリスがレベル15になる。どうやら、現在、アリスとたまきの経験値の差は120のようだ。アリスはアリスで、相応に戦ってきたのだろう。

アリスはこの戦いですでに治療魔法を4に上げたあとらしい。せめてミアの腕を治せるようにと、そう願っていたようだ。

残りのスキルポイントは5。ここは温存して、槍術《そうじゅつ》を6にしたい。

というわけで、すぐ白い部屋を出る。

アリス：レベル15　槍術《そうじゅつ》5／治療魔法4　スキルポイント5

ついにオークたちの士気が崩壊《ほうかい》する。オークたちは、算を乱して逃げ出す。

そして。雑魚《ざこ》のオークたちと入れ替わるように、闇《やみ》に溶けるような黒い肌の巨漢が姿を現す。手には銀色に輝く剣。

ジェネラル・オークだ。

その傍らには、ヘルハウンドが控えている。もう1体いたのか、この犬。

というかジェネラル。おまえ、最初はいなかったよな。高等部の組織的抵抗を叩きつぶすために、後詰めとして控えていたってことか。

このタイムテーブルが中等部と同じだとしたら……。

ぼくは考える。夕方、もしぼくたちが中等部の本校舎を攻めなかったら、ぼくたちはレベルアップのない状況でジェネラルたちの襲撃《しゅうげき》を受けていたのだろうか。

まあいい、とぼくは首を振る。いまは目の前の強敵たちだ。

ぼくは素早く、アリスにクリア・マインドをかける。

直後、ジェネラルが咆哮《ほうこう》する。身もすくむような雄たけびを聞いて、しかしぼくたち3人はいささかもひるまない。数時間前は総がかりでも大苦戦した敵を前にして、アリスもたまきも冷静にぼくを見る。

「たまき、ジェネラルとタイマンだ。いけるな。アリス、ヘルハウンドを押さえろ」

「わかったわ、カズさん」

「はい、わかりました」

ジェネラルとヘルハウンドが突進してくる。

ぼくはアリスに火レジの付与《ふよ》魔法をかける。アリスがヘルハウンドに駆け寄る。たまきはジェネラルのもとへ。

アリスはヘルハウンドの炎を浴びても平然としていた。鋭い刺突《しとつ》で前足をしたたかに傷つける。ヘルハウンドは悲鳴をあげて距離を取ろうとするが、アリスはすぐ間合いを詰め、追撃《ついげき》する。

ぼくの付与《ふよ》魔法は最低限なのに、戦いの技術でアリスが圧倒している。いつにも増して、気迫のこもった戦闘だった。ぼくが後ろから見ていることが、いい方向に向いて……いる、と思いたい。

「アリス、ファイア・エレメンタルを援護にまわす！　連携するんだ」

「はいっ」

ぼくは4体のファイア・エレメンタルのうち2体をヘルハウンドにぶつける。

全身に炎をまとったファイア・エレメンタルにとって、ヘルハウンドの炎などそよ風のようなものだ。あまり効果的なダメージは与えられないが、それでもヘルハウンドの注意を惹き、体勢を崩すには充分だった。

次第に、アリスたちが優勢になっていく。

たまきはジェネラルと正面から激突する。ジェネラルは、たまきが銀の剣を持つその意味に気づいたのか、不敵に笑って正面から切り結んできた。

今朝《けさ》はただの素人だったたまきは、いま、最強のオークであるジェネラルと互角に剣を打ち合う。

一合ごとに激しい火花が散った。

それはため息が出るような剣舞。互いに裂帛《れっぱく》の気合を込めた一撃を叩きつける、意地と意地のぶつかり合い。

たまきとジェネラル、互いの実力は伯仲《はくちゅう》しているように見えた。ただ、ぼくの付与《ふよ》魔法の分、わずかにたまきの動きがいい。次第にジェネラルが押し込まれていく。

決着がついたのは、ほぼ同時だった。

アリスの槍《やり》の一撃が、ヘルハウンドの喉に深く突き刺さる。

ジェネラルの胸もとに、たまきの持つ銀の剣が突き刺さる。

2体は断末魔《だんまつま》の叫び声をあげて、地面に倒れ伏す。ゆっくりと消えていく。

「勝ったわ、カズさん！　わたし、ひとりでジェネラルに勝てたわ！」

「やりました、カズさん！　わたしたち、こんなに強くなりました！」

アリスとたまきが同時にぼくの方を振り向き、笑う。

◆◆◆

戦いの興奮が冷める。

ぼくたち3人と使い魔4体は、ふと後ろを振り返った。

高等部のやつらが、唖然《あぜん》としてぼくたちを見ている。

ま、そりゃそうか。いきなり横から乱入してきて、彼らにとって切り札だったのだろうアリスと意気投合して、圧倒的なちからでオーク軍団をねじ伏せて、なにがなんだかわからない、といったところだろう。

なかのひとりが、ぼくのことに気づいたようだ。ライトアップされたぼくの方を指差して、なにかいっている。

なんでいじめられっ子のぼくが中等部の者と一緒にいるのか、わからない様子だ。一応、ぼくらの態度が決して友好的とはいえないことには気づいているようである。

高等部の生徒の間に戸惑《とまど》いが広がる。

そのときだった。叫び声が響《ひび》く。

「なんでだよ！」

不安定なバリケードの前にシバが出てくる。

散弾銃《さんだんじゅう》を構えていた。声が裏返っている。

動揺しているのか。そうかもしれない。シバだってすべてが計算ずくで動けるわけじゃないだろう。

そもそも、その計算だって、ジェネラルの登場ですべて打ち砕かれていた。

この世界では、なにひとつ計算通りにはいかない。ぼくが、この2日間で身にしみて理解したことだ。でもシバはそのことを知らなかった。人間を相手にするかのように、オークを操ろうとして、そして失敗した。

その失敗をすべて、ぼくたちが何気なく尻拭《しりぬぐ》いしてしまった。彼にとって、これほどの屈《くつ》辱《じょく》はないのかもしれない。これほどの計算外はないのかもしれない。

ふと気づく。彼が自分の意に沿わぬ者をひどく嫌うのは、恐怖の裏返しだったのではないだろうか。自分に制御できない事態を恐れるからこそ、かつてのぼくのように彼の計算から外れた者を、徹底的に虐《しいた》げたのではないだろうか。

「アリス、どうしてそいつの隣にいる！　戻ってこい」

アリスはゆっくりと首を振る。ぼくの手を、ぎゅっと握る。

ぼくの反対側の手を、たまきが握る。

ふたりに手を握られてようやく、ぼくは自分が震えていたことに気づく。やばい、またパニックを起こしかけていたのか。

でも今回は、前とは違う。ぼくのそばにはアリスがいて、たまきがいる。

「嫌です。わたしはカズさんと、育芸館《いくげいかん》のみんなと一緒に戦います」

「いいのかよ、おまえの仲間の腕が……」

「それは……ええと、ニン……」

アリスが、ちょっと戸惑《とまど》ったようにぼくを見上げる。うん、あれをじかに見てないと、不安になるよな。忍者とか普通に信じられないよな。

でも忍者はいる。いいね。

「と、とにかく、もう従兄《にい》さんには従いません！　わたしは中等部に戻ります！」

「ふざけるなよ！　おまえはおれのものだ！　そんなクズのものじゃない、戻ってこい、アリス！」

「カズさんはクズじゃありません！」

アリスは叫ぶ。ぼくの手を握り、胸を張って叫ぶ。

「カズさんがいたから、育芸館《いくげいかん》を解放できました。中等部で生き残っているのは、もう育芸館《いくげいかん》のひとたちだけです。それでもカズさんがいたから、30人近くも生き残れました。カズさんの指揮があったから、エリートを相手にしても楽に勝てるまで強くなりました。ジェネラルにだって、なんとか勝ちました。ヘルハウンドも、見ての通りです。あなたとの約束通り、高等部《こっち》のジェネラルも倒しました。全部、カズさんが必死になってくれたからです。カズさん以外の誰も、こんなこと、できません」

アリスはそういって、ぼくの手を離し、一歩、前に出る。

唖然《あぜん》とする高等部の者たちを見渡す。

「あなたがたが、今日のお昼、ほかの勢力を潰すことに躍起《やっき》になっているうちに、わたしたちは女子寮《りょう》にいって、囚《とら》われていたひとたちを助け出しました。そのあと100体のオークの襲撃《しゅうげき》を受けたけど、撃退しました。夕方には中等部の本校舎にいって、ジェネラルを倒しました。すべての作戦の指揮をとったのが、カズさんです。そんなカズさんを見下せるひとがいるなら、わたしが相手になります。出てきなさい」

しん、と場が静まりかえった。

誰も言葉を発さなかった。荒い息遣いだけが、広場に響《ひび》く。

やがて、最初に沈黙を破ったのは、シバだった。

「認めない！」

そう叫び、散弾銃《さんだんじゅう》をぼくに向ける。ひどく取り乱しているようだった。

ぼくは呆気にとられる。

佐宗芝《さそうしば》とは、こんなに短絡的な人間だっただろうか。

これほど浅慮《せんりょ》な人間だっただろうか。

よほどぼくたちの行動が予想外だったからなのだろうか。

ぼくやアリスやたまきの戦いは、彼の計算をすべて覆《くつがえ》すほどのものだったのだろうか。

そうかもしれない、とぼくは冷静に考える。たったの数時間前、ジェネラルと戦ったときは、ぼくたち全員が死にものぐるいで戦って、やっとだった。それがいまは、同じ敵を相手に、しかもミア抜きで、これほど楽に戦えてしまっている。

でもね、シバ、それはきみが、アリスを連れていってくれたからだ。ぼくがヤケを起こして、無謀《むぼう》なレベルアップに励んでしまったからだ。そしてたまきがぼくを追いかけ、無謀《むぼう》な戦いに身を投じてくれたからだ。

因果は巡る。シバの行動は、彼にとって極めて論理的だったのだろう。だけど彼は、あの場面をぼくが見ていると知らなかった。

ぼくのヤケクソが、彼の予測をすべてぶちこわした。たまきの献身が、アリスの一途な思いが、シバの予定をすべて無にしてしまった。

そして、いま。ぼくがシバを殺すために必死になっているときは、ほとんど隙を見せなかった彼が、ぼくたちがシバのことなんて後まわしだと思っているこのときに。

隙だらけで、ぼくに銃を向けている。

その皮肉に、思わず笑い出しそうになってしまう。アリスとたまきが射線に飛び込もうとするけれど、ぼくは手でそれを制する。

「撃ってみろよ」

ぼくは震えを押し隠して、アリスたちの前に出る。ファイア・エレメンタルたちも後方に下がらせる。これはぼくがカタをつけなきゃいけないことだ。惚《ほ》れた女に全部任せて後ろで震えるような情けないやつだけど、でも、最後くらいは。

「いまのぼくに、その散弾銃《さんだんじゅう》が効くか、試してみろ。おまえよりはるかにレベルアップしたぼくに効くかどうか、まだちからでぼくを従わせられるかどうか、やってみればいい」

「嘘《うそ》じゃないぞ！　撃つぞ！　本当に撃つぞ！」

「やれ！」

腹の底から、ぼくは声を出す。

シバは悲鳴のような声をあげ、引き金にちからを入れる。

その動作が、まるでスローモーションのように見えた。見えてしまった以上、ぼくはためらいなく、叫ぶ。

叫ぶ。

「リフレクション」

銃弾が、ぼくの手前に出現した虹《にじ》色で扇《おうぎ》状の薄幕に当たって、反射される。

散弾のすべてが、シバに跳ね返った。

無数の弾が、彼の身体に突き刺さる。

シバの身体が吹き飛ぶ。バリケードに叩きつけられる。

「こいつ、シバさんに攻撃したぞ！　やっちまえ！」

部下の生徒たちが、一斉にぼくに攻撃してくる。

投擲《とうてき》、炎の矢、石つぶて。

だけど、その前に、ぼくはもう一度、魔法を使う。

「トランスポジション」

召喚《しょうかん》魔法ランク6のトランスポジションは、仲間ひとりと自分の位置を入れ替える魔法だ。仲間には、使い魔も含まれる。有効射程はランクにつき5メートル。現在だと30メートル先までの位置交換が可能である。

さまざまな使い道が考えられるこの魔法だが、今回は緊急回避に利用させてもらう。

ぼくは、後方に下がったファイア・エレメンタルと位置を入れ替えた。生徒たちの攻撃は、すべてファイア・エレメンタルに命中する。

炎の精霊にとって、低レベルの生徒の攻撃などカスみたいなものだ。平然としている炎の精霊を見て、生徒たちが恐慌《きょうこう》状態に陥る。

ぼくは一瞬、使い魔を4体とも突入させるか、と考えて……。

首を振る。ダメだ。高等部はだいじな戦力だ。

彼らのことが憎くないのか、といわれれば、憎い。殺してやりたいと思う。

でもいま、これだけの数の生徒をここで潰すというのは、惜しい。少なくとも、高等部のオークたちへの牽制《けんせい》程度にはなる。その間、ぼくたちは独自に行動できる。

なにせ、育芸館《いくげいかん》には今日助けた子をあわせても、30人弱しかいないのだ。中等部をすべて解放するだけでも、あと1日はかかるだろう。

そしてきっと、本命はそこじゃない。

森の奥、オークたちが一部の生徒をさらっていった、その先に。

きっと、なにかがある。

高等部のこいつらが時間を稼げるなら……。だけど、とぼくは、冷たい目でシバを見る。自分の銃弾を喰らい、半死半生の彼をじっと見る。

「アリス」

ぼくはいう。

「シバを、殺すよ。彼は育芸館《いくげいかん》のひとたちに、じかに危害を加えてきた。彼だけは危険だ」

「はい」

アリスは冷静にうなずく。

「わたしが、やります」

「いいや、ぼくがやる。アリス、きみは見ているだけでいい」

そう、これはぼくがやらなきゃいけないことだ。誰にも任せられないことだ。

シバが、血だらけの身を引きずりながら、逃げようとする。

その姿が、ふっと消えた。

偵察《ていさつ》スキルのちからだろう。面倒な能力だ。偵察《ていさつ》スキルと射撃スキルを組み合わせたシバのスナイパー・スタイルは、放置するとひどく厄介《やっかい》である。

だからこそ、ここで潰す。ぼくは2体のファイア・エレメンタルをディポテーションで送還《そうかん》し、MPをつくる。

「サモン・アイアンゴーレム」

召喚《しようかん》魔法ランク6、新たに手に入れた最強のゴーレムを生みだす。

全長3メートルを超える鋼鉄《こうてつ》の巨人が、バリケードに向かう。生徒たちの士気が崩壊《ほうかい》し、彼らは悲鳴をあげて逃げ出した。彼らはどうでもいい。ぼくはアイアン・ゴーレムに命令を下す。

アイアン・ゴーレムが、地面を強く踏《ふ》む。

地面がおおきく揺れる。バリケードが崩れ、シバの悲鳴があがる。予想通り、バリケードの周囲の暗がりに隠れていたようだ。

声のする方を向くと、シバの姿が見えた。散弾銃《さんだんじゆう》を持つ手が机と椅子の間に挟まれ、逃げることすらできずじたばたしている。

彼のまわりには、誰もいない。みんな、逃げてしまった。

ここにいるのはぼくたちと、哀れに悲鳴をあげ続けるシバだけだった。

ぼくはふたたび、アイアン・ゴーレムに命令を下す。

ひとり置いていかれたシバに、アイアン・ゴーレムは、ためらいなく拳を突き出す。

肉が潰れる音がした。
それでおしまいだった。ぼくの復讐《ふくしゅう》はあっけなく終わった。

ぼくたちは白い部屋にいく。
たまきがレベルアップしたのだ。
ああ、そうか。ぼくはこのとき、ようやくひとつの疑問への回答を得る。
ぼくたちはレベル1以上の人間を殺してもレベルアップできるんだな……。

第60話　2日目の終わり

シバが死んだ。

ぼくが、殺した。

思ったほど、感慨《かんがい》はなかった。

ひとを殺した衝撃《しょうげき》もなかった。ただ、ああ終わったんだな、とため息が漏《も》れただけだった。

ぼくはただ、義務を果たしただけなのだ。

お昼に仲間が死んだときの方が、よほどショックだった。

下山田茜《しもやまだあかね》さん。ぼくを信頼して、ぼくのために死んだ少女。

彼女のことを思えば、彼女みたいな犠牲《ぎせい》者を出さないためなら、ぼくはどれほど非情にもなれる気がする。

育芸館《いくげいかん》を守るために必要だから、シバを殺した。不思議なことに、それはシバを憎む気持ちより、ずっとおおきな感情だった。

ぼくのなかでは、これまでのすべてを合わせたより、この2日間の出来事の方がおおきくなってしまったのだろう。少なくとも、パニックに襲われたり、アリスが奪われたりしたとき以外は。それがいいことなのか、悪いことなのかはわからないけど……。

なぜかぼくは、嬉しい。シバを憎む気持ちより、下山田茜《しもやまだあかね》さんの死を反省する自分が、不謹慎《ふきんしん》にも嬉しい。

ぼくは変わってしまったのだろうか。

それとも、これが本当のぼくだったのだろうか。

よくわからないけれど、でも、いまの方がいいのだろうと漠然《ばくぜん》と思う。

白い部屋でやることは、特にない。すぐ、もとの場所に戻る。

たまき：レベル16　剣術7／肉体1　スキルポイント3

もとの場所に戻って。

さて、ほかの生徒たちは、皆、逃げてしまった。

男子寮《りょう》からこちらを覗いているのかもしれないが、逆光の照明が邪魔でよく見えない。

照明がこれだけ明るいと、ナイトサイトの効果がうまく出ないのだ。

まあ、いいか。ぼくはアリスたちに指示して、散らばった宝石を集めさせる。

ここに攻め寄せたモンスターは、そのほとんどをぼくたちが倒したんだ。全部もらっていくとしよう。

下手に残して、高等部のパワーアップに使われるのもゴメンだ。高等部には、適度にオークの足止めをしてもらいたい。その過程で適度にすり減ってもらえれば、なおいい。

念のため、シバの銃は持ち帰ることにする。銃弾のコピーも可能とわかった以上、ひょっとしたら利用できるかもしれない。

アリスに訊ねたところ、シバが腰につけたポーチと背負ったバッグのなかに弾丸が入ってるとのことで、それもすべて回収する。

「ところで、シバのやつ、どこから猟銃《りょうじゅう》なんて手に入れたんだ」

「理事のひとりが隠し持っていたんだそうです。以前、こっそり銃を撃たせてもらったって、自慢していました」

なるほど、たしかにこの山は、まるごと学校の所有物だ。生徒の立ち入りが禁止されている裏側にまわれば、違法に銃を使っても、そうそうバレはしないだろう。

銃弾は全部で100発近く残っていた。

そうとう撃っただろうに、まだこんなにあるのか。その理事ってひとも、いったいどれだけ貯め込んでいたんだか……。

まあ、いい。その理事がこの場にいないということは、すでに死んだか、たまたまこの学校にはいなかったのか。

どちらにしろ、訊ねる相手はもういない。

ざっと宝石を集め終わったあと、ぼくたち3人は第1男子寮《りょう》前の広場から立ち去る。

後ろを振り返りもしない。

ある程度、男子寮《りょう》から離れたところで、たまきが立ち止まる。

「なにやつ！　くせものだわ！　であえ、であえ！」

ノリノリだなこいつ。さっきの出来事のあと、ぼくとアリスが無言になっちゃったから、気を使ってくれたのかもしれないけど。

ククク、というわざとらしい笑い声が森に響《ひび》く。

アリスが慌《あわ》てる。両手をばたばたさせて、涙目でぼくを見る。

あーそうか、きみは知らなかったね。

「拙者《せっしゃ》でござる！」

忍者装束に身を包んだ男が、木陰から現れる。パニックに陥って槍《やり》で攻撃しようとするアリスを、たまきが慌《あわ》てて押さえる。

彼こそが噂の忍者先輩であると、ぼくたちふたりで説明する。

「え……ミアちゃんのお兄さん、ですか」

「いかにもでござる。これが、取り返してきたミアの腕でござるよ」

結城《ゆうき》先輩はぼくにミアの左腕を渡してくれる。

軽いな、と思った。

でもこれは、とても大切なもので、だからこれを巡って大騒動になった。これから高等部の勢力図はおおきく書き換えられていくだろう。

忍者先輩は、一歩下がって、ぼくたちに深くお辞儀をする。アイサツは礼儀だ。

「ミアを頼むでござる」

「結城《ゆうき》先輩も、育芸館《いくげいかん》に来ませんか」

ダメもとで訊ねてみる。だが忍者装束の男は、首を振ってぼくの申し出を拒絶した。

「拙者《せっしゃ》には、この高等部でやるべきことがたくさんあるでござるよ。拙者《せっしゃ》にしかできないことでござる」

彼は以前、いっていた。あちこちの避難所を繋ぐ役割を果たしていると。

偵察《ていさつ》スキル3を持つ彼を見つけられるのは、現状、ジェネラルとたまきくらいだろう。

「で、でも……」

と心配そうに彼を見るたまき。だが結城《ゆうき》先輩は、快活に笑ってみせる。

「ひとつだけお願いがあるでござる。猟銃《りょうじゅう》を拙者《せっしゃ》に預けて欲しいでござるよ。それを使って、高等部の有志をレベル1にしていきたいでござる」

なるほど、銃の撃ち方さえ覚えれば、オークを殺すことも比較的たやすい、か。

「って、撃ち方は知ってるんですか」

「いろいろこっそり習得したでござるよ。安全な射撃の方法を教授していくでござる」

すげぇな、忍者って。

いや、この結城《ゆうき》先輩ってひとがすごいのか。

さて問題は、彼が猟銃《りょうじゅう》を使って高等部のレベル1を増やしたとして、その戦力が最終的にぼくたちの敵にまわらないか、だが……。

「条件があります」

「なんでござろうか」

「結城《ゆうき》先輩がレベル1の生徒を増やすなら、その生徒たちはあなたがまとめあげてください」

結城《ゆうき》先輩は、腕組みして唸った。

そんなに悩むところだろうか。このひとの頭脳と機転と行動力があれば、充分、リーダーとしてやっていけると思うんだけど。

ぼくたち育芸館《いくげいかん》組としては、結城《ゆうき》先輩が音頭を取る組織なら、安心して同盟できる。ぼくとしても、高等部一般の生徒に他意がないではないけれど、結城《ゆうき》先輩なら、という思いがある。

「忍者は忍ぶモノでござるからなあ……」

「悩むのはそこですか」

「いやしかし、客観的に見て、おぬしの申すことはもっともでござるなあ」

あ、一応、状況は正確に理解しているんですね。

さすが、だけど……。

「仕方がないでござる。そこまでいうなら、少なくとも組織の舵とりをする役目は引き受けるでござるよ。その条件でよろしいか」

「ええ、結城《ゆうき》先輩がそういってくださるなら、安心できます」

ぼくは笑って、猟銃《りょうじゅう》と銃弾を手渡した。

「では、明日1日で、なんとか高等部をもう少しマシな状態にしてみせるでござるよ」

「男子寮《りょう》組以外を、ですか」

忍者は、うむ、とうなずいた。

「ひょっとしたら、生き残りを率いて育芸館《いくげいかん》に向かうかもしれないでござる。そのときは……」

「はい、歓迎します」

ぼくたちは、順番に結城《ゆうき》先輩と握手した。

そのあと、別れた。

ぼくたち3人は中等部へと歩きだす。

とても疲れた。

育芸館《いくげいかん》に帰ったら、23時をまわっていることだろう。くたくたの身体を引きずって、ぼくたちは歩く。

見上げれば、ふたつの月が、昨日より少しふくらんで見えた。

満ちようとしているのだろうか。この世界の周期はわからないけど、いまの状態からすると、あと数日で満月……なのかなあ。

◆◆◆

育芸館《いくげいかん》に戻る。

見張りの少女が、大声をあげて、なかのひとたちにぼくらの帰還を知らせる。

ぼくは、飛び出してきた志木《しき》さんに張り倒される。

うん、今回に関しては全面的にぼくが悪いから、おとなしく殴られておく。

志木《しき》さんは、そのあとぼくを、ぎゅっと抱きしめた。

「えっと、志木《しき》さん、男のひとと接触して……だいじょうぶなの」

「だいじょうぶなわけ、ないじゃない。でも、心配したんだから」

志木《しき》さんは泣いていた。本気でぼくを心配してくれていたらしい。

悪いことをしたなと思う。

まあ、志木《しき》さんのこの行動は、打算含みかもしれないけど。

なにせ、彼女のパフォーマンスのおかげで、育芸館《いくげいかん》の少女たちみんなが、ぼくたちの帰還を心から喜ぶ空気になっていたから。

ミアが育芸館《いくげいかん》から出てくる。

アリスがすぐ、ミアの腕を繋げた。

ミアはぼくのもとにツカツカ歩いてきて、怒った顔で「いいから、覚悟して目をつぶる」といった。

ぼくはおとなしく目をつぶった。

唇にキスされた。目をあけると、ミアはぼくを見上げて笑っていた。

「おかえり」

「ああ、ただいま」

積もる話はあるけれど、詳しいことは明日にしよう、ということになる。

いちおう志木《しき》さんを捕まえて、簡単に高等部で起きた出来事を説明しておく。

「そう。やっぱり、そんなところだったのね」

「だいたい予想はついていた？」

「ええ。最悪の事態として、あなたが狂って消えてしまう可能性も考えていたわ。その場合、どうしようか、すごく悩んだ」

それは悪いことをした。

なお、ぼくとアリスが消えたあと、志木《しき》さんはミアを中心とした部隊を組んで中等部本校舎を再度、強襲したという。最上階を掃除し、オークに囚《とら》われていた女の子をふたり、解放したらしい。

本校舎で確保できた少女は、すみれを入れて11人。

ぼくたち育芸館《いくげいかん》組は、31人にふくれあがったことになる。それでも、高等部の生き残りの方がはるかに多いのだけれど……。

「いまは、彼らのことはいいわ。目の前の問題をひとつひとつ、解決してきましょう。あなたが高等部を全滅させなかったことで、こちらにも多少は時間的な余裕ができた。素晴らしいことよ」

志木《しき》さんはそういって、邪悪に笑った。

やっぱり彼女は優秀な指揮官だ。

◆◆◆

ミアに、お兄さんの話をした。

ミアはとてもとても嫌そうに顔をしかめた。

「あの、バカ兄」

普段のミアからは想像もつかないほど感情を表に出して、顔を真っ赤にして、怒っていた。

そんなミアがおかしくて、ぼくたちはみんなで笑った。

「うう、あれは身内の恥……」

「たしかにいろいろショッキングなひとではあった」

「でも」

とミアは首を振って、少し微笑《ほほえ》む。

「兄が生きててくれて、よかった」

はにかんだ笑みを見せる。

◆◆◆

お風呂に入った。

気のきいた何人かが発電機をまわして、湯をあっためてくれた。

ぼくたちは、遠慮なく入った。ぼくと、アリスと、たまきの3人一緒に、だ。

ちなみに、そそのかしたのは志木《しき》さんだった。

「たっぷりと、いちゃいちゃしなさい。あなたたちが絆《きずな》を深めてくれた方が、こちらとしてもやりやすいのよ」

そういうわけで、ぼくはたっぷりといちゃいちゃする気まんまんで、3人そろってお風呂に入り……。

桶いっぱいの熱いお湯を浴びたところで、意識が遠くなる。

あ、これやばいやつだ。

浴場の冷たい床に倒れる。ああ、気持ちいいなあ。よほど疲労困憊《ひろうこんぱい》していたのか、身体の制御がまったくきかない。ついでに下半身の制御もきかなかった。アリスとたまきがぼくを抱え上げようとして、なんかこう、ぼくのものを浴びていた。

た、溜まってたからなあ……。ああ、もう、なんかすごい情けない。

「よかった、カズさん」

たまきの笑い声が聞こえる。

「今日1日、わたしたちのかっこ悪いところばっかりカズさんに見られてたね。でも最後でやっと、カズさんのちょっとかっこ悪いところが見られたわ。これでみんな、おあいこね」

いや、たまき。きみにはもう充分、ぼくの格好悪いところを見せているぞ……。

こいつめ、ぼくがきみの胸にすがって泣いていたことなんて忘れてやがるな。

そんなことを、薄ぼんやりと考えながら、ぼくは意識を失う。

◆◆◆

目が覚めると、ベッドの上だった。

月明かりが差し込む個室で、ぼくはダブルベッドの中央で寝ていた。

左右では、アリスとたまきがすやすやと寝息を立てていた。

半身を起こし、おそるおそるパンツのなかを覗いてみる。きっちり拭《ふ》き取られていた。誰がやってくれたんだろう……。

い、いや、いいけどさ。基本的に、ぼくが悪いんだし。

ぼくはため息をつき、そして……窓の外を振り仰《あお》ぐ。

ふたつの月の青白い光が、寝室に降り注いできている。

異世界での、2日目の夜。

そう、ぼくたちはまだ、この世界に来て2日目なのだ。

とても長い1日だった。

この世界での2日目。それが、ようやく終わる。

ぼくはふたたび、ベッドに倒れ込む。本当はアリスとたまきを叩き起こして、今度こそふたりといちゃいちゃしたかったけど……。

気持ちよく眠っているふたりを起こすことは、どうにもためらわれた。

それにぼく自身も、まだ、だるい。ひと眠りしたとはいえ、だいぶ疲れが残っている。

あっという間に闇《やみ》に引き込まれてしまった。

ついに長かった2日目が終わる。

そして……。

激震の3日目が始まる。

第61話　3日目の始まり

　ぼくの異世界3日目の朝は、ガラスが割れる音から始まった。

　反射的に飛び起き、部屋の窓を見る。

　この部屋のガラスは無事だった。

　窓に駆け寄り、窓ガラスを開け、身を乗り出す。隣の空室のガラスが割れていた。

　部屋のなかでうごめくものがあった。モンスターなのだろうか。なにが起こったかはわからないが、早急に確かめる必要がある。

「サモン・エレメンツ：ウィンド」

　半透明の裸の女性が、ぼくのそばに現れる。

　アリスがむくりと起きだしてくる。眠ったときのままの、寝巻き替わりの体操着だ。

「ど、どうしたんですか」

「敵だ。たぶんね」

　アリスは、はっとしたあと、慌《あわ》てて部屋の脇に立てかけていた鉄槍に手を伸ばした。

「んー、にゃー、どうしたの？」

　たまきはまだねぼけ眼《まなこ》だ。彼女は放っておこう。

「たまき、そこで待機。剣だけは手もとにおいておけ」

「わかったわー」

まだ寝ぼけて手を振っているたまきに見送られ、ウィンド・エレメンタルを盾にして、3階の廊下に出る。廊下の反対側で、体操着を着た志木《しき》さんが顔を出した。ぼくは志木《しき》さんに、そこで待機するよう命じる。

隣の部屋では、なにかがドンドンと激しく壁を叩く音が鳴り響《ひび》いていた。

「ぼくがドアを開ける。エレが突入。アリスはエレに続いて」

未知の敵相手には、使い魔を盾とする。これは今後の定石としたい。

ぼくはドアノブをひねり、ドアを引く。ウィンド・エレメンタルがなかに飛び込む。すぐアリスが続く。

「蜂《はち》です！」

アリスが叫ぶ。

「カズさん、蜂《はち》の化け物です！」

ぼくは部屋のなかを覗き込んだ。

ウィンド・エレメンタルが、黄色と黒のまだら模様を持つ生き物と組み合っていた。

おおきさは、人間と同じくらい。アリスがいう通り、そのかたちは昆虫の蜂《はち》そのものだった。

ただし、ひどく巨大化した蜂《はち》である。人間の掌《てのひら》ほどもある複眼が、赤い不気味な輝きを放っている。

そんなものが、宙に浮かび、ぶうんと不気味に羽音を鳴らしている。

巨大蜂《ばち》は、ホバリングしながら前を向いたまま下半身を曲げ、お尻を前に突き出して、その先から針を出す。ラジオのアンテナより太いその針が勢いよく飛び出し、ウィンド・エレメンタルの胴体に突き刺さる。

半透明の女性の顔が苦痛に歪《ゆが》む。

だが忠実な使い魔は、敵の針を腹に抱え込んだまま、両手で巨大蜂《ばち》のお尻を握る。強引に相手の動きを封じる。

そこに、アリスが突進する。

鉄槍の刺突《しとつ》が、巨大蜂《ばち》の複眼を貫《つらぬ》く。青い体液が周囲に飛び散る。

けたたましい金切り声が、周囲に響《ひび》いた。

巨大蜂《ばち》は、床に墜落《ついらく》する。ぴくぴくと全身をうごめかせ、そして……。

身体が、ぶれる。霞《かすみ》のように消えていく。

オークと同じだ。やはりこいつも、オークと同様、モンスターなのか。

巨大蜂《ばち》が消えたあとには、赤い宝石が3個、転がっていた。

◆◆◆

時刻は、まだ6時過ぎだった。

日の出からまもなくである。それでも昨日よりは起床が遅いのであるが……。

昨夜、寝たのが24時をまわっていたからなあ。

まだ少し、眠い。でも、そんなことをいってはいられなかった。

ぼくは志木《しき》さんとふたりで、個室にこもった。アリスたちには、周囲の警戒をしてもらっている。屋上にあがったミアによると、北東の森付近で、何匹か同様の巨大蜂《ばち》が飛びまわっているという。

中等部から見て、北東の森。２日前、この山がまるごと異世界へやってきたとき、オークたちはそちらからやって来た。

森の奥に、なにかがあるのか。３日目のいまに至っての新たなモンスターの襲撃《しゅうげき》には、どんな意味があるのか。

「本当はね。今日の午前中くらいまでは、あなたとアリスちゃんとたまきちゃんに、甘い新婚生活をプレゼントしてあげようと思っていたの」

「おいこら」

「本気よ。昨夜のことは、あなたたちに負担をかけすぎていたことが根本的な原因だわ。本校舎を攻める作戦について、わたしはいっさい後悔してない。でも、あなたが見かけ以上に限界だったってことを見抜けなかったのは、わたしのミスね」

志木《しき》さんはそういって、個室のベッドに腰かけ、足を組んでぼくを見上げる。

「それとも、ふたりじゃ足りないかしら。ミアちゃんも混ぜた方がよかった？」

「けしかけるのはやめろ」

「潔癖症《けっぺきしょう》ってわけでもないでしょう。あなたが精神的に安定してくれないと、わたしも戦略の立てようがないわ」

それについては、全面的にぼくが悪い。苦虫をかみつぶしたような顔をしていたのだろうぼくを見て、志木《しき》さんは満足げにうなずく。

「反省しているなら、いいわ。どのみち、いまあなたたちに楽をさせてあげることは、できそうにない」

「そうだね。あの蜂《はち》は……」

「山の上の方にあると推察されるオークの本拠地から、湧《わ》いてきた」

ぼくと志木《しき》さんは、顔を見合わせ、うなずく。

お互いの予測は一致していた。いやはやまったく、指揮官の予想が一致するなんて喜ばしい限りである。問題は、思惑が即座に一致せざるを得ないほど状況が非常によろしくないという、その一点だけだろう。

「カズくん。あなたにはまた、負担をかけるけど……」

「どのみち、さらわれた生徒の行方を探る必要があった。彼女たちがまだ生きているかどうかはわからないけど、事態が現在進行形なら、これ以上なにかが悪化する前にケリをつけなきゃいけない」

そう、昨日までで、ぼくたちは身にしみて理解している。

受け身でいても、いいことはなにひとつない。常に攻めていくことで、初めて活路が開けるのだ。

「ところで、あの蜂《はち》の強さだけど……カズくん、実際に戦ってみて、どう感じたかしら」

「アリスが一撃で倒しちゃったからな……。といっても、エリート・オークほどの凄《すご》みは感じなかったと思う。普通のオーク以上ではある」

「ジャイアント・ワスプはレベル2かレベル3、スキルはワスプ2からワスプ3といったところかしらね」

あの蜂《はち》の名前は、ジャイアント・ワスプに決定か。

異論はないけど。そのまんまだなー、というだけだ。

「ワスプ3ってあたりじゃないかな、と思う。ランク5のエレメンタルと、ほぼ互角みたいだったし」

「その予測が正しいなら、経験値はオーク3匹分、ということかしら。でも強さ的には……割に合わない相手ね」

「空を飛ぶしね。……弱点とかがあれば、話は別なんだけど」

「弱点……」

志木《しき》さんは口もとに手を当て、考え込んだ。

「ゲームだったら、昆虫なんてだいたい、火が弱点よね」

「このゲーム脳め」

「そうね、そのゲーム脳で考えるのが最短ルートみたいなのが、一番のネックね」

志木《しき》さんはにやりとする。いやはやその通りだと、ぼくはため息をつく。

「ミアが火魔法を使えないのが、なんとも残念だ」

「昨日の戦いで火魔法をランク2にした子がいるわ。テストさせてみたいところ」

なるほど、とぼくはうなずく。そういうことなら、たまきあたりを護衛《ごえい》につけて、一度森の方へいってみてもらってもいいかもしれない。

「昨日、助けた子たちのうち、戦いたいって子が出てきているわ。彼女たちをレベル1にする作業も必要だし、いきなり北の森を攻めるってわけにはいかないと思う」

「その子たちの体操着と武器にハード・アーマーとハード・ウェポンをかける必要もある、か」

あと、ついでに、とぼくは新しく覚えた魔法について解説する。

特に召喚《しょうかん》魔法のランク4、サモン・ウェポンとランク5、サモン・アーマーだ。

これらは、指定した武器、防具を召喚《しょうかん》できる魔法である。

効果は永続。ただし、武器や防具の種類はいささか少ない。

サモン・ウェポンは長剣、長槍、長杖、弓、矢20本など、矢を含めて合計で12種類。サモン・アーマーは革鎧《よろい》から金属鎧《よろい》、盾も含めて7種類。

ただし、サイズは指定できる。たとえば小柄なミア用の金属鎧《よろい》なんかを用意することも可能だ。ミアが重いプレート・アーマーなんて着たら、一歩も動けないだろうけど。

肉体スキルがあると、重い金属鎧《よろい》を楽に着こなせるのかなあ。

そうなると、たまきの装備も応相談か。

いや、ミアベンダーで盾スキルを手に入れて、おおきな盾を持ってもらう手もある。

場合によっては、たまきを盾として、後ろからアリスやミアが攻撃するというフォーメーションも考えられるのである。

それともうひとつ、注目の魔法がある。

召喚《しょうかん》魔法ランク6、サモン・サークル。

これは、ちょっとした事前準備が必要な魔法だ。

まず基点となるサークルをどこかに設置する。場所はどこでもいいが、たとえばこの育芸館《いくげいかん》の一室の床に、サークルを描く。サークルのなかに、物やひとを入れる。

そしてぼくが、離れたところでサモン・サークルの魔法を使う。

すると、基点となるサークル内部にあるものや、内部にいるひとが、ぼくの前に現れる。そういう転送魔法である。

基点サークルのおおきさは直径3メートル。うまく使えば、たとえば敵がたてこもる建物の前にダイナマイトを設置する、といったことも可能である。

ダイナマイトがあればの話だけど。

補給物資をサークルに入れておいて、適宜《てきぎ》呼び出すのも手ではある、かな。

実際のところ、一番いいのは人員の輸送かなあ。それにしたって、通信機や携帯電話が使いものにならない以上、時間を決めてやるしかない。

いちおう、基点サークルは最大で2か所、設置できる。1か所はこの育芸館《いくげいかん》のどこかで固定して、もう1か所は臨機応変にその場、その場で使うべきだろう。

「わくわくする魔法ではあるわね」

「ああ。ぼくひとりが空を飛んで崖《がけ》の上にいって、そこでサークルを広げるといった手段も使える……かもしれない」

「いま、空を飛ぶ手段って……ああ、カズくんは召喚《しょうかん》を6にしたんだったわね。サモン・グリフォンを使えるようになっている」

さすが、志木《しき》さん。各スキルの魔法をよく覚えていらっしゃる。

サモン・グリフォンは召喚《しょうかん》魔法のランク6に存在する。まだ使ったことはないが、空飛ぶ巨大なオオワシのごとき使い魔を召喚《しょうかん》し、使役できるようだ。

このグリフォンという生き物の背に乗ることで空を飛ぶことができるというのも、すでに確認済みである。

蛇足《だそく》だが、このほかの飛行手段は、ランク6以内でほかに3つが判明している。

ひとつは、付与《ふよ》魔法ランク6のウィング。背中に天使の翼を生やす魔法で、腕を振るような感覚で翼をはためかせ、空を舞うことができる。

持続時間はランクにつき20分から30分と、たいへんに長い。ただし、翼をはためかせるのは相応に体力を使うらしい。

次が、風魔法ランク4のフライ。念じることで空中浮遊ができるようになる魔法だ。自由に上下左右に移動できるという。

こちらは持続時間がランクにつき2分から3分。持続時間が短い分、制御がたやすいということか。覚えるランクが、グリフォンやウィングよりふたつも低いというのもあるしね。

さらに、同じく風魔法ランク5のウィンド・ウォーク。これは空気中を、まるで床があるかのように歩く魔法だ。飛行という慣れない手段に頼るよりは、実戦的だろう。

ウィンド・ウォークの持続時間は、付与《ふよ》魔法のウィングと同じくランクにつき20分から30分だ。同じ風魔法でも、用途によって使い分けができる。いや、風魔法だからこそ、複数の飛行魔法があるというべきか。

戦闘系使い魔の一部も飛行可能だ。たとえばウィンド・エレメンタルは常時、空を飛んでいる。カラスもそうだしね。

飛行手段は、このように多岐《たき》にわたる。ということは、今後、相応に飛行が要求される場面が出てくるということだろう。ゲーム的に考えれば、だけど。

ぼくたちの主力パーティは、ランクさえ上げていけば、これらの飛行手段すべてを入手可能だ。今後は場面に応じて、こういった魔法を使い分けていくことになる。目下の問題としては、巨大蜂《ばち》の相手をするにはこちらも飛行できた方が有利、ということだが……。

「ミアはいま、レベル、どうなっている?」

「レベル10になっているわ。スキルポイントは貯めてもらっているから、4ポイントあるはずよ」

その4ポイントをさっそく使ってもらって、風魔法をランク4にさせるべきだろうか。それとも地魔法をあげてもらい、強力な攻撃手段の入手を優先させるべきか。

「じゃあとりあえず、たまきちゃんをリーダーとする蜂《はち》さんお試し迎撃《げいげき》チームに、ミアちゃんも加えましょうか。彼女が必要と判断したなら、その場で風魔法をとってもらえばいいわ」

チーム名のネーミングセンスはともかくとして、それが一番いい……かな?

ミアのゲーマーとしてのカンは、信用できる気がする。へたにぼくがあれこれ考えるより、いい結果を導いてくれそうだ。

「うん、それでいこうか」

こうして、異世界の3日目が慌《あわ》ただしく始まった。

第62話　分散出撃

ぼくたちは、3チームにわかれることになった。

たまきとミアに火魔法を使える生徒ふたりを加えた、ジャイアント・ワスプ討伐《とうばつ》チーム。

アリスと志木《しき》さん、数名の前衛を護衛《ごえい》とした、新人をレベル1にする育成チーム。

残りは、ぼくとともに育芸館《いくげいかん》を守る待機チームだ。

ぼくの主な役割は、召喚《しょうかん》魔法による武器防具の召喚《しょうかん》と、ハード・ウェポン、ハード・アーマーによる仲間の戦力底上げである。

「飛行する敵が来た以上、本当は弓の使い手を育てたいけど……その余裕はなさそうだわ」

と志木《しき》さんはいう。なのでぼくは、投げ槍《やり》をたくさん召喚《しょうかん》しなければならないらしい。投げ槍《やり》を投擲《とうてき》するのも、槍術《そうじゅつ》スキルのうちだからだ。

召喚《しょうかん》魔法ランク4のサモン・ウェポンで召喚《しょうかん》されるジャベリンは、オークの持つそれより多少、性能がいいようで、飛距離も良好だ。ちからいっぱい投擲《とうてき》すれば、高い樹の上まで届く。ハード・ウェポンをかけておけば、ジャイアント・ワスプ戦でかなりの効果が見込めることだろう。

とはいっても、ジャベリンを10本召喚《しょうかん》して、ハード・ウェポンをそれぞれにかけると、それだけでMPを80も使ってしまう。いまのぼくのレベルは18だから、それだけのMPを回復するには、だいたい45分ほど休憩する必要がある。

それだけじゃなくて、ぼくはみんなの体操着にハード・アーマーをかけていかなきゃいけない。ほかの防具も用意したい。特に前線で戦うひとたちには……。

いくらMPがあっても足りない。本当は、昨夜、寝る前にやるべきことだったんだろうけれど、あのときは本当に疲れていたからなあ。

少し作業したあと、朝食になる。

発電機による限られた電力を使って、料理班が暖かいご飯とお味噌汁を用意してくれた。よくダシがきいていて、おいしかった。

そのあと、みんなが出発する。

装備を整えてロビーに来たたまきに、ぼくはおおきな盾を渡した。タワー・シールドと呼ばれる、全身が隠れるほど巨大な盾だ。

「たまき、これを使ってみてくれ。ジャイアント・ワスプは太い針を撃ち出してくる。これで仲間を守るんだ」

「うわ、でっかい盾……。わたし、盾術スキルをとった方がいいってこと？」

「まずは盾の使い勝手を確かめるところからだな。テストをするなら、肉体1を持っているたまきが最適かなと」

そういってぼくは、たまきの横で「ふむ」と腕組みしているミアをちらりと見る。

一夜明けて、くっついたミアの腕は特に問題がない様子だ。

正直、ほっとしている。

そのミアは、ゲームに詳しい。いや、いまぼくたちが置かれている状況は現実そのものなのだけれど、でもゲーム的な彼女の思考は、わりと頼りになるように思う。

なんらかのアイデアか、そのヒントでも掴めれば儲けものである。

「カズさん、この盾、木じゃない」

ミアはタワー・シールドをぽこぽこ叩いて、ぼくを見上げる。

「不思議系魔法的な物質？」

「召喚《しょうかん》したものだから、よくわからない。でも結構、軽いだろ。一応ハード・アーマーはかけてあるし。蜂《はち》の針くらいなら防げると思う」

「ん。この後ろに隠れて、魔法でファイアー」

「そういう感じで頼む。ミア、きみがみんなを引っ張ってくれ」

ミアは「ん」とちから強くうなずいた。

「わたしに、任せて」

その隣では、たまきが「あれえ、なんでカズさん、わたしのリーダーシップに期待しないのかな」と首をひねっている。

いやまあ、えーと、うん。

「たまきちん、慌《あわ》てんぼうでお調子者だから、リーダー向きじゃない」

あ、ミアのやつ、はっきりいいやがった。

たまきは、どよんと落ち込んでいる。ぼくは慌《あわ》ててフォローしようとしたが……。

「いいの、カズさん。薄々わかってたことだし」

「たまき……」

「公私混同しないのは、カズさんの偉いところだわ」

たまきは顔を上げ、健気《けなげ》に笑った。落ち込みが持続しないのも、彼女のいいところかもしれない。ぼくは耳の後ろあたりをポリポリ掻いて、苦笑いする。

「そりゃ、こんなところでえこひいきしたら、誰かが死ぬからね」

これまでの2日間で、そのことはよくわかった。嫌というほど理解した。

今日は、昨日よりもっと上手くやらなきゃいけない。

一方、アリスと志木《しき》さんを中心とするチームの方は、極めて落ち着いていた。

このふたりと、前衛の槍《やり》使いの少女ふたりに、6人のレベル0がついていく。

合計で10人が、極めて統率された動きで、さっさとロビーを出ていこうとする。

「あ、アリス」

思わずぼくは、彼女を呼び止めてしまう。

いまアリスは、左手にぼくが召喚《しょうかん》したジャベリンを1本、持っている。ジャイアント・ワスプ対策だ。

後ろの少女たちが、残り9本のジャベリンを手にしている。このジャベリンでオークを突き刺して殺してもいいし、いざとなればアリスたちに手渡して、ジャイアント・ワスプの迎撃《げいげき》用にしてもいいという寸法だ。

「なんですか、カズさん」

「ええと、その……」

少し迷ったぼくは、アリスのそばの志木《しき》さんに視線を移した。

志木《しき》さんは笑って、アリスに耳打ちする。アリスは「あっ」と呟いて、ぼくに駆けよってくる。ぼくの前で立ち止まり、両手を後ろに組んで、胸をそらす。ぼくをまっすぐに見つめて、相好《そうこう》を崩す。

「ええと、その、いってきます、カズさん」

「いってらっしゃい、アリス。……気をつけて」

「はい。安心してください。わたしはもう二度と、勝手にどこかへいったりしません。だから、あの」

「うん、信じてる」

アリスの後ろで、志木《しき》さんが笑っている。

育芸館《いくげいかん》から出ていこうとするアリスの後ろ姿を見て、彼女がどこかへいなくなってしまうのではないかという不安にかられたことは、どうやら志木《しき》さんにバレバレだったようだ。

まったく、彼女はくそったれである。

だけど、まあ。

アリスは素早く、ぼくの頬《ほほ》にキスをした。少しはにかんで、見つめ合う。

「じゃあ」

「はい、では」

そんなやりとりを見ていた周囲が、しょうがないなあと苦笑いしているのがわかる。

たまきとミアもだ。気恥ずかしいし、たまきには申し訳ないけど……うん、本当に不安だったんだ。

情けないやつだと、笑いたければ笑え。

ぼくはそんな自分を受け入れることに決めた。どれほど情けなくとも、醜態《しゅうたい》をさらしても、
ぼくはぼくの決めた道を歩いていこう。

それはアリスとたまきと、そしてこの育芸館《いくげいかん》の皆とともに歩む道だ。

アリスとたまきは、ぼくの壊れかけた心を修理してくれた。

育芸館《いくげいかん》の皆は、暴走して姿を消したぼくたちを暖かく迎えてくれた。

彼女たちは、ぼくを裏切ったりしない。昨日の夕方から夜にかけての事件において、自らの

態度でもって、そのことを示してくれた。

ぼくはその信頼に報《むく》いなければならない。

アリスと志木《しき》さんたちが先に出発していく。たまきとミアも、一度、出ていきかけて、それからこっちを振り向き……。

駆け戻ってくる。

「どうした、たまき、ミア」

「やっぱ、カズさん、わたしも」

「ん」

たまきとミアは、ぼくの両頬《りょうほほ》にキスして、それからまた玄関に駆けていく。手を振って、それからようやく背を向け、出発した。

残った女の子たちが、やれやれという様子でぼくを見ている。ぼくは、彼女たちに、ごめんなさいと頭を下げた。

「倫理的《りんりてき》にだいぶ問題があるというのは、当方でも認識しております」

「そのあたりのこと、聞きました。昨日、どれだけ修羅場《しゅらば》をくぐったかも、です」

声をかけてくる子がいた。

誰かと思えば、杉之宮《すぎのみや》すみれという少女だった。

アリスとたまきの共通の親友だ。少しぽっちゃりした女の子である。胸もとくらいまである髪を、おさげにしていた。顔には縁なしの眼鏡をかけている。

いっけんすると文学少女っぽくて、実際、図書館の常連だという。アリスと仲がいいというのも納得だ。たまきと仲がいいというのは……まあ、たまきは人当たりがいいからなあ。

で、その彼女からすると、ぼくは彼女の親友ふたりを同時に恋人にしていることになる。だいぶ悪人な気がする。客観的に考えて、睨《にら》まれても仕方がないかな、と思わないでもない。

すみれは苦笑いしていた。少なくとも、ぼくに悪い感情は抱いていないようだ。

「カズさん。あなたは物語の英雄みたいな活躍をしているんですよ。もう少し積極的に、自信を持ってもいいと思います」

「物語の英雄、ねえ」

今度はぼくが苦笑いする番だった。昨日のぼくを知っていれば、そんな表現、とうてい出てこないだろう。

ぼくはただ、皆とともにみっともなく生きあがいただけだ。ひたすらにあがき続け、そのはてに勘違いして、早とちりして、すべてなげうって逃げ出すところだった。

そんな人間、とうてい英雄とはいえない。

だがすみれは首を振り、声をちいさくして、ぼくの耳もとで囁《ささや》く。

「それでも、あなたは戻ってきました。アリスとたまきを連れて戻ってきました」

「たまきがぼくの首根っこをひっつかまえてくれたんだ。ただアリスを助けにいけばいいんだって、そう教えてくれた」

「ではなおさら、カズさんとアリスとたまきの3人は、3人でひとつなのでしょう。あるいはミアって子も入れて4人でひとつ、かもしれませんけど」

すみれはそういって、くすりと笑う。

「アリスとたまきが、ふたりともあなたのことを好いているなら、わたしは祝福しますよ。ふたりが幸せでいてくれるのは、嬉しいことです」

「そういうもの、かな」

「ほかのひとは、知りません。でもわたしたちは、そうなんです」

すみれはいった。それは、昨日のおどおどした様子とはまったく別人のような、とても自信を持った答えだった。

彼女たちの仲というのも、ちょっと余人にはうかがい知れないところがあるな。

いや、よくよく考えれば、昨日もそうだったかもしれない。

アリスとたまきは、どこかでとことんまで通じ合っていた。ふたりともどこか抜けたところがあるけど、でも肝心なところで、相手がどう考えているかだけはピタリと一致させてきた。

ぼくがアリスに裏切られたと思ったときも、そうだった。たまきはアリスを信じ抜いた。結局、ぼくはそんなたまきによって目を醒《さ》ますことになる。

少し、うらやましい。

ぼくには、そんなふうに信頼しあえる友人というのがいなかった。これまでぼくは、いつだって裏切られてきた。

だからなおさら、彼女たちの間にある絆《きずな》がうらやましいのだろう。

すみれは、ぺこんと頭を下げる。

「差し出がましいことかもしれませんが、アリスとたまきのこと、よろしくお願いしますね」

そういって、にっこりとする。

第63話　居残り組

さて志木《しき》さんによれば、現在育芸館《いくげいかん》を拠点とする生徒は31人。

そのうち、ぼくやアリスを含めた10人が初日組で、すみれを含めた残り21人が昨日、ぼくたちによって助け出された者たちだ。

大半が、オークたちのもとで過剰《かじょう》な暴力に晒《さら》されていた。

普通ならトラウマものだが、彼女たちは皆、救出後、アリスのヒールとキュア・マインドによって心身ともに回復している。ひと晩が経ち、大部分の生徒は疲労も抜けた様子であった。

新たに12名が旺盛《おうせい》な戦意を見せているという。昨日の長月桜《ながつきさくら》たち4人を含めて、21名中の16名が戦うことを決意したということだ。

残りの5名は、いまだ迷っていたり、キュア・マインドをもってしても心が折れてしまったりである。

アリスとたまきの友人であるすみれの場合、自分が戦いに向いていないと自覚し、皆に守られることを選択した。

「わたし、興奮したらアリスと同じくらいまわりが見えないですし、たまきと同じくらいおっちょこちょいなんです」

なんて最強のハイブリッドなんだ。たしかにそんな生物を前線に出すのはヤバい。後衛ならいいかもしれないけど、慌《あわ》てた彼女が後ろから火魔法を無差別に連発するというのも、怖い想像になってしまう。

いちおう、レベル1になる気はあるようで、ほかの人たちがひと段落したあとで、適当なオークを倒してもらうことになっていた。

治療魔法と召喚《しようかん》魔法でも覚えようかといっている。食糧と水を地道につくり出し、まわりの手が足りないときは回復役になるということだ。

ひとりくらいは、こういう担当がいてもいいだろう。余裕があればレベル3くらいまで上がって欲しいところである。

◆ ◆ ◆

長月桜《ながつきさくら》が、防具について相談にきた。

最初、彼女のために革鎧《よろいしようかん》を召喚したのだが……。

「重くて、動きにくい」

一度、装着してみて、これではダメだと判断したのだという。

昨日の夕方、ジェネラルとヘルハウンドを同時に相手にした際には、彼女にずいぶん助けられた。彼女の行動は蛮勇《ばんゆう》というべきものだったが、あの場面でそれだけの勇気を絞り出してくれたからこそ、紙一重での勝利をもぎ取ることができたのである。

もちろんそれは、ヘルハウンドを正面から引きつけて生き延びた身体能力があってこそ、である。彼女のようにスキル以上の戦い方ができる人員は、とても貴重だ。

「うーん、そうだね。どんな防具が欲しい」

「軽くて、硬くて、邪魔にならないもの」

そうだねー、そんなものがあったらいいよねー。

「無茶をいってる自覚はあるよね」

「無理なら、体操着のままでいい」

血気にはやっている彼女には、是非ともいい防具をつけて欲しいところだが……。

身軽さを身上とするのだから、動きが阻害《そがい》される方がまずいか。ここは、防御力を犠牲《ぎせい》にするのもいたしかたないかなあ。

「そうだ。革鎧《よろい》の上半身部分だけを使うとかは、どうだろう」

彼女のウリである機動力は、主に鍛《きた》えられた下半身によるものだ。

だから下半身は、ブルマだけで我慢してもらうとして……。

ぼくは彼女の持ってきた革鎧《よろい》を受け取り、ナイフでほかの部位との接合部を切り取った。

胸当て部分だけを桜に返す。これで最低限、上半身の急所は守れるはずだ。

試着した桜は、満足げにうなずき、少しだけ表情をやわらげた。

「ありがとう、カズ……先輩」

「別に先輩、なんて呼ばなくていいよ。ぼくは尊敬されるようなことは、なにもしてない」

桜は黙って首を振った。周囲を見渡して、誰もそばにいないことを確認したあと改めて、

「そんなこと、ない」という。

「あなたは、我慢強く逆境に耐えられるひと。いまわたしたちに必要な素質を持ったリーダー」

「きみは……」

「わたし、練習で高等部によくいってたから。……あなたのこと、知ってた」

そうか、とぼくはうなずいた。

ぼくの姿をずっと見ていたのか、彼女は。情けなくいじめられ続けていたぼくを。

「あなたは、自暴自棄《じぼうじき》にならなかった。刃《やいば》を研《と》ぎ澄《す》ませて、反撃の機会をうかがってた。そういう目をしていたから、よく覚えている」

「ぼくは、そんなだった？」

桜は、こくんとうなずいた。

「スポーツでトップクラスの争いをしていれば、わかる。そういう目をしているひとは、強い」

なるほど、そういうものか。ぼく自身にはよくわからないけれど、ひょっとしたら、そんな

生意気な目をしているせいで、余計にシバの怒りを買ったのかもしれない。

黙っているぼくを見て、どう思ったか、桜は少し慌《あわ》てた様子で、ぼくに頭を下げる。

「ごめんなさい」

「ええと、なに？」

「あなたを辱《はずかし》めるつもりはなかった」

「ああ、そういうこと……」

たしかに、高等部での記憶は屈辱《くつじょく》的なものばかりだ。アリスとシバが顔を合わせたところを見ただけでひどく取り乱してしまったのだから、いいわけのしようもない。

でも、シバは死んだ。ぼくが殺した。

「もう、終わったことだよ」

「そう」

「あいつが死んだら、そこそこ満足しちゃったのかもしれない」

実際のところ、また高等部にいったら。高等部のひとたちに会ったら。彼らがぼくを嘲《あざけ》るような目で見てきたら。

ぼくの心がどうなるか、わかったものじゃない。

だけど、あまりそのことについて考えたくない、というのが本音なのだ。

それに、たぶん。ぼくの隣には、いつもアリスがいてくれる。たまきが、ミアがいてくれる。

だからきっと、だいじょうぶだと思う。

そう、思いたい。

「あ、そういえば、シバが死んだこととか、そもそも高等部の状況とか、誰かに聞いているの？」

「あなたがお風呂で気絶したあと、アリス先輩たちが、少し説明してくれた」

なるほど。志木《しき》さんも、そのあたりはアリスに任せたのか。

いや昨夜の時点じゃ、志木《しき》さんには本当に簡単な説明しかしていなかったから、アリスが改めてそのへんをやってくれたってことか。

「わたしは、あなたほど割り切れそうにない」

長月桜《ながつきさくら》はうつむいて、ゆっくりと首を振る。ポニーテールが、文字通り尻尾《しっぽ》のように揺れた。

「一昨日《おととい》から、昨日。カズ先輩たちに助け出されるまで、わたしたちはずっと、はかない希望にすがってきた。オークたちを、全部、めちゃくちゃに殺してやるって、黒い欲望にすがって、生きながらえてきた。わたしが生き残ったのは、たぶん、その強い想いがあったから。生きることを諦《あきら》めたひとから、死んでいった」

だから、と顔を上げ、桜はぼくを見つめる。胸もとで拳を握り、口の端をつり上げて、皮肉に笑う。

「カズ先輩と違って、わたしの気持ちは、歯止めがきかない。オークたちを殺しつくしてやるまで、胸のなかの黒い炎みたいな気持ちが消えることはないんだと思う」

「きみは……そんな気持ちで戦っていたら、死ぬよ」

昨日から思っていたことだ。いうべきかどうか、ずっと迷っていたことだ。

彼女に告げるなら、いましかないだろう。

はたして桜は、顔を少し傾け、困ったように微笑《ほほえ》む。

「死んだら、わたしはきっと、楽になれるんですよ」

「うん、知ってる。ぼくたちみんな、多かれ少なかれ、同じようなものだと思う。でもだからこそ、ぼくはきみに死んで欲しくないな。きみひとり勝ち逃げするのは、ずるいと思う」

「わたしは、もっと苦しまなくちゃいけませんか」

その言葉には、感情がまったくこもっていなかった。淡々と、まるで明日の1時間目の授業は数学ですか国語ですか、とでも訊くかのような口調。

だからぼくは、彼女にならって、なるべく平坦な口調で言葉を返すことにする。

「ぼくたちはみんな、もっと血反吐《ちへど》を吐いて、地べたを這いずって、生きあがくべきだよ」

「なぜでしょう」

「たぶんいまが、ぼくたちの最大人数だから、かな。これ以上、オークから生徒を助け出すことはできないと思う。高等部とも決別してしまった。今後、ぼくたちがひとり死ぬたび、残されたひとたちはいっそうの地獄を這いずりまわることになる。だからぼくたちは、ひとりも死んじゃいけない。仲間のために」

桜は、戸惑《とまど》ったようにぼくを見つめる。

「仲間……ですか」

「違うかな。少なくともぼくは、きみのことを仲間だと思っているけど」

「戦うための駒《こま》が必要だから、わたしたちを助けたんですよね」

「その一面もある。否定はしないよ」

ぼくは苦笑いする。事実、志木《しき》さんとぼくが作戦を立てるとき、感情的なものは極力、排除する。感傷や甘い見込みでは、相手を説得できないからだ。

ぼくは志木《しき》さんを説得するために、理論武装する。志木《しき》さんはぼくを論破《ろんぱ》するために、理論武装する。

だからぼくたちが立てた作戦は、いつだってひどく冷徹《れいてつ》だ。そうじゃないと、この先を生き残れない。ぼくたちはそのことを、互いに知悉《ちしつ》している。

でも、それとこれとは話が別だ。

ぼくは、いま育芸館《いくげいかん》を拠点とする31人に親近感を抱いている。そうでなければ、昨日、下山《しもやま》田茜《だあかね》さんが死んだとき、あれほどのショックを受けたりはしない。

ああ、その通りだ。結局のところ、ぼくは甘ちゃんなのである。

二度と彼女みたいな犠牲《ぎせい》者を出したくないだけなのだろう。

「それとも、長月桜《ながつきさくら》さん。きみは、ぼくたちのことを仲間だとは思えないかな」

「そういうわけでは……ないです、けど」

戸惑《とまど》う桜は、しかしよく見れば、わずかに頬《ほほ》を紅潮《こうちょう》させていた。

どうやら、ぼくが青くさいことをいっているのが、よほど恥ずかしいようだ。

しょうがないじゃないか、とぼくはスネたように唇を尖《とが》らせる。事実、ぼくはもう、ぼくの指揮でひとが死ぬところを見たくないんだ。

敵ならいくらでも殺してみせよう。高等部のひとたちが邪魔するなら、彼らも殺そう。

でも、仲間は別だ。叶うなら、ぼくの庇護下《ひごか》に入ったひとたちは、ひとりも傷ついて欲しくない。

そういったことを、ぼくはたどたどしい口調で説明する。たどたどしいのは、それがとてもとても青くさい青年の主張で、いってて恥ずかしいからだ。

いやぼくは青年だし、こんなときこそぼくたちは青くさいことを声高に主張していいと思うのだけれど……。

それはそれとして、これまでぼくたちが培ってきた常識が、ぼくを照れさせる。

はたしてそれは、桜さんも同じだったようで、彼女はぼくが語り終えたあと、かわいらしく肩をすくめてみせた。

「先輩って、思ったよりずっと恥ずかしいひとだったんですね」

「うん、わかっているから、追い打ちはやめてくれ」

「でも、そういうところ、いいと思います」

普段、あまり感情を表に出さない少女である桜は、にっこりと笑った。花がぱっと咲いたような、素敵な笑顔だった。思わずどきりとして、それから慌《あわ》てて首を振る。

そんなぼくの様子に、桜はまた、くすりとする。

「間違えないでくださいね。尊敬している、ってことです。アリス先輩たちに対抗する気とか、ありません」

「わかってるよ、もう……」

ぼくは後ろ頭を掻く。ああもう、調子が崩れるなあ。

「でも」

と桜は真面目な顔になって、ぼくを見つめてくる。

「先輩の意気込みは、いいと思います。それでもやっぱり、わたしたちにあまり感情移入して欲しくないです」

「死んだとき、心が潰されるから……か?」

「はい。先輩はもっと、まわりが死ぬことに慣れるべきです」

ぼくはきっと、苦虫をかみつぶしたような表情になっていたことだろう。

桜は、申し訳なさそうに頭を下げる。

「生意気、いいました」

「いや、うん、ありがとう。ぼくを心配してくれるのは、嬉しい」

「これだけは覚えていてください。みんな、わたしと同じように思っているってことだけは」

「みんなって」

「昨日、オークから助け出されたひとたちは、ずっと、まわりで仲間が死んでいく様子を見ていたんです。わたしたちはもうとっくに、まわりのひとたちが死に続けることに慣れているんです。ひょっとしたら、自分が死ぬことすらも、当然だって。だから、なおさら、先輩たちのことが心配です」

そういってぼくと目を合わせる少女の瞳《ひとみ》は、どこかうつろだった。

ああ……とぼくは、おおきく息を吐く。その瞳《ひとみ》に吸い込まれるようで、なにもいえなくなってしまう。

第64話 ジャイアント・ワスプ

数十分後。

まず戻ってきたのは、レベル0の子たちをレベル1にするべく出かけたアリスたちだった。

最初の6人は、めでたく全員、レベル1になれたようだ。

「途中で一度、蜂《はち》に出くわしたの」

サポートとして同行していた志木《しき》さんが報告してくれる。

「アリスちゃんに、一度、わざと針に当たってもらったわ。傷口からしびれが走ったって。麻《ま》痺毒《ひどく》みたいなものがついているわね。なるべく当たらない方がよさそうよ」

「ちょっ、おい」

ぼくのアリスになにしてくれはるんですかねえ。

思わずヤクザっぽい言葉が出そうになった。慌《あわ》てて口ごもる。

「ち、違うんです、カズさん。わたしが試してみたいっていったんです。わたしならすぐ回復できますし」

アリスが慌《あわ》ててフォローした。

たしかにレベルの高いアリスなら、たいていの攻撃を受けきれるだろうが……。

ランク４にもなった治療魔法を持つ彼女が動けなくなったら、困るのはぼくたち全員である。

だが志木《しき》さんは平然としていた。最初から、なんとかなると判断していたのか。

まあ、そうなんだろう。彼女に限って、そんなところで詰みの可能性を考慮してなかった、とは考えにくい。

「麻痺毒《まひどく》はキュア・ポイズンで治療できたわ。針に刺されてからすぐ治療すれば大丈夫ね。予想通り、ショック症状みたいなものもないみたい」

キュア・ポイズンは治療魔法のランク２だ。うーん、こりゃランク２の術者を何人か育てる必要がありそうだなあ。

「でも、ショック症状が起こる可能性もあったんだろう」

「勘違いしているみたいだけど、ショック症状といっても、蜂《はち》に刺されてすぐ変化が起こるわけじゃないわ。あれはアレルギーの一種だと考えてちょうだい」

「あー、そうなんだ？」

「あなたと違って、わたしたちは何年も、この山のなかの学校で暮らしているのよ。虫のことも、少しくらい詳しくなるわ」

志木《しき》さんはそういって、アリスを見た。アリスも「そうですね……わたしも最初は虫、苦手でした」と苦笑いしている。

そうか、そういうものか……。

「ジャイアント・ワスプそのものは、アリスのジャベリンの投擲《とうてき》でなんとかなる範囲ね。一撃だったわよ」

「それは、心強い報告だな」

「わたしの投擲《とうてき》ランク2だと、包丁を2本、投げる必要があったわ」

志木《しき》さんはアリスとふたりでグループを組んでいたらしい。2度、蜂《はち》を倒し、1体目でアリスがレベル16にレベルアップした。

志木《しき》さんは2体目でレベルアップし、レベル4になったという。

「あなたから聞いたアリスちゃんの経験値が確かなら、ジャイアント・ワスプの経験値は、オーク3体分ね」

「それがわかっただけでも、上々かな」

「あと、アリスちゃんのスキルポイントが7になったから、わたしが勝手に判断しちゃったけど……よかったかしら」

「なにを上げたんだ」

「治療魔法よ。今後を考えると、ラピッド・ヒールがあるといいんじゃないかしら」

なるほど、とぼくはうなずいた。

治療魔法ランク5のラピッド・ヒールは、発動が一瞬で、しかも通常のヒールの3倍の回復性能を持つ高性能の回復魔法だ。

いや、通常のヒールはMP消費が1で、ラピッド・ヒールはMP消費が5だから、MP効率はだいぶ悪いんだけど……。

ここまで激戦をくぐりぬけてきたぼくたちは、戦場において、ときにMP効率より迅速《じんそく》かつ高性能な治療が必要とされることもあるのだと身にしみて理解している。

このラピッド・ヒールがあれば、戦闘がだいぶ安定するに違いない。

「ほかに治療魔法ランク5だと、サステナンスもあるわ。万が一を考えると、安心できるでしょう」

「それは……そうだな。実際に役に立って欲しくはないけど」

サステナンスは、生命を繋ぎとめる魔法だ。Q&Aによれば、たとえば首を刎《は》ねられた者でも、その直後にこの魔法をかけることで死亡から免《まぬが》れることができるという。

仮死状態を維持する魔法、とでもいえばいいだろうか。

ただし、この魔法の持続時間はわずか30秒で固定、ランクが上がっても時間が延びない。30秒以内にキュア・ディフィジットで損傷を修復したうえで、ヒールを使い治療してやらなければ、対象は完全に死亡する。

首を刎《は》ねられたときの保険、と考えるとなんともアレだが……。

この魔法がある、というだけで安心できるというのはおおきい。

「いい選択肢だと思うよ。志木《しき》さん、ありがとう。アリス、これからも頼むぞ」

「はい、任せてください！」

アリスは元気よくうなずく。

ふたりは別の６人を連れて、もう一度、出撃していった。

◆◆◆

アリス・志木《しき》組と入れ替わるように、たまき・ミア組が戻ってくる。

火魔法による蜂《はち》狩りの成果は、上々だったようだ。やはり火魔法は、ミアの地魔法や風魔法より、よほど大きな傷を与えていたという。

「火が特効なのは間違いない」

ミアがいう。彼女たちが倒したジャイアント・ワスプは合計で６体とのことだ。

「ソニック・エッジを近くで炸裂《さくれつ》させるだけでコントロールを失って地面に落ちることも、あった。風魔法で牽制《けんせい》も充分アリ」

ソニック・エッジは風魔法のランク２だ。名前の通り、風の刃《やいば》を放つ魔法である。

よくゲームにあるカマイタチ系の魔法なのだ。

なおミアによると、カマイタチが真空の刃《やいば》であるという説は現在では科学的に否定されているとかなんとか。どうやらこの世界の魔法においては、そんな科学的、物理的法則はまったく関係ないらしい。

魔法ってすごいなあ。

Q&Aによると、攻撃魔法とは、マナに方向性と指向性を持たせる類《たぐ》いのなんたらかんたらであるとか。なんたらかんたらについては、情報統制なのか白い部屋の主が教えてくれなかった部分である。

現状わかってることから考えるに、つまりソニック・エッジは風属性に染めた攻撃性のマナを放つ魔法なのだろう。その風属性に染まったマナは、副次的現象として周囲に突風を巻き起こす。突風に煽《あお》られ、巨大な蜂《はち》は姿勢の制御を失う。

ミアが実験したのは、そんな部分なのだと思う。

こうしてまとめてみると、ほんとミアって頭がいいよなあ。

はたしてたまきも、ぼくと同様の感想を抱いたようである。

「ミアちゃんは本当にすごいわ。考えることが、お兄さんにそっくりだわ！」

「ん。たまきちん、ちょっとしゃがんで」

「え、なになに」

素直にミアの前でしゃがむたまき。

ミアは、たまきの無防備な額に、ちからいっぱいのデコピンをかます。

「あうっ」

たまきは両手で頭を押さえてうずくまった。

「い、いったーいっ。ひどいよ、ミアちゃん。いきなりなにするの！」

「喧嘩《けんか》は買う」

「けっ、喧嘩《けんか》なんてぜんぜん売ってないわ。ミアちゃん、なに怒ってるの？　わっ、待って、顔がマジだ」

ぼくは慌《あわ》てて、ふたりの間に割って入った。

「ミア、あまりたまきを責めるな。彼女は天然なんだ」

「知ってるけど、ここは素直にツッコむべきかなと」

ミアはぐっと拳を握って、無表情にぼくを見上げる。普段と同じように見えて、でもやっぱり結構怒っているような雰囲気を醸《かも》し出していた。

「結城《ゆうき》先輩もそうだけど、ミアも頭がいいな、って褒《ほ》めているんだぞ」

「ん。それは違う」

ミアは首を振る。

「兄の方が、はるかに頭がいい」

小柄な少女は、けっ、とそっぽを向いた。

「腹立たしいけど、兄は本物の天才。わたしはせいぜい、秀才どまり」

いっちゃうかー。自分のこと秀才っていっちゃうかー。

ははは、こやつめ。

「でも、兄の才能の使い方はヒドい」

「それは昨日の夜だけで、よくわかった」

「肉親として、腹が立つ」

はたから見ていると、近親憎悪の類《たぐ》いにしか見えないけど。

もちろんそんなこと、言葉にはしない。こんな朝っぱらから地雷《じらい》を踏《ふ》む気はない。

だがミアは、ぼくの考えを見透かしたかのように、不機嫌に睨《にら》んでくる。

「カズっち」

「いかがいたしましたでしょうか、ミアさん」

「なぜ敬語？」

「ミアさんが不機嫌でいらっしゃるからです」

ミアはおおきくため息をつき、肩を落とす。

「本当に、兄は天才。わたしなんて、足もとにも及ばない。だから劣等感《れっとうかん》で余計、苛立《いらだ》ってるのは、わかってる」

「そこまでなのか……」

たしかに、必殺仕事人の真似事でオークを絞殺《こうさつ》するとか、ちょっと理解不能だ。

主にその情熱のかけかたが意味不明である。落とし穴を掘る方がよっぽど楽だと思う。

「カズっちも、わりと天然なところある」

「そう……かな？」

ミアのツッコミに、ぼくは首を横に傾ける。

そうこうするうち、アリスたちがまた戻ってきた。合計して12人、全員がレベル1になったとのことだ。

これでようやく、本来の作戦行動に移れる。

◆◆◆

ロビーにて。

「少し休んでMPが回復したら、本格的な北の森の攻略に移るわ」

志木《しき》さんが、全員を見渡し、宣言する。

「出撃するのは2パーティ、8人よ」

志木《しき》さんが名前を順にあげていく。

ぼくたち精鋭《せいえい》パーティの4人に、志木《しき》さん、長月桜《ながつきさくら》、そして火魔法を使えるふたり。

志木《しき》さんたちサポートパーティは、精鋭《せいえい》パーティに不足している遠距離火力役を担当する。

「それじゃ、まずはカズくん。カラスでの偵察《ていさつ》、お願いできるかしら」

志木《しき》さんにいわれるまま、ぼくはカラスを召喚《しょうかん》して、リモート・ビューイングでカラスの目を借りる。

カラスが北の森へ飛ぶ。

簡単な偵察《ていさつ》の結果、ひとつの事実が判明した。

「北の森では、樹上にオークが隠れている。粗末なものながら、弓を持っているみたいだね」

これは凶報だった。ぼくたち精鋭《せいえい》パーティの構成は、接近戦を前提としている。

樹の上から矢を射かけてくるような敵は想定していなかった。

「こりゃ、ひょっとしたらサポートパーティがメインになるかもしれないぞ」

「うーん、それはそれでアリ、なんだけど……」

志木《しき》さんは少し考え込んだあと、顔を上げる。

「少しフォーメーションを変えましょう。わたしが先行偵察《ていさつ》するわ」

ずいぶんと大胆な提案に、ぼくたちは驚く。

第65話　北の森を攻略せよ1

時刻は午前10時ごろ。場所は育芸館《いくげいかん》から北東に10分ほど。

ぼくたち北の森攻略部隊の8人は、北の森の入り口に立っていた。

防具を一新した。アリスとたまきは、サモン・アーマーで召喚《しょうかん》した金属鎧《よろい》のうち、胸甲と肩当てを体操着の上から装備している。

下半身を覆《おお》う鎧《よろい》については、重くかさばり、動きが鈍るということで皆が着用を渋った。むき出しの脚は気になるところだが、せめてニーソックスにハード・アーマーをかけたものを着用してもらっている。

長月桜《ながつきさくら》が着用したのは、革鎧《よろい》の胸当てだけだった。彼女はひたすら機動力で勝負するという。

ほかの者は、体操着にブルマのままである。

志木《しき》さんなどは、隠密《おんみつ》行動するから体操着だけが一番いい、などといってる。身軽に逃げまわれる方が、結果的に生き残る近道ということもあるだろう。

なおハード・アーマーの防御力アップ効果は、一番上に重なった装甲《そうこう》だけに発揮されるという。体操着の上に防具を重ね着しても、効果は重複しないということだ。

全員、昨日の本校舎攻略時のようにリュックサックを背負っている。なかには、カロリーメイトやスニッカーズ、水筒、方位磁針、ライター、ロープ、懐中電灯などが詰まっていた。山道に面した森の縁は、いっけん、以前となんの変わりもないように見えた。ただ、よく観察すれば、おおきな違いに気づく。

「鳥の声や虫の音が聞こえないわ」

志木《しき》さんのいう通り、森がやけに静かだった。聞こえるのは、風で葉が揺れる音くらい。不気味なほどの静謐《せいひつ》さである。

打ち合わせ通り、志木《しき》さんがひとり、森のなかに入っていく。少し暗がりに入ったな、と思った次の瞬間には、その姿が消えていた。偵察《ていさつ》スキルによる隠密《おんみつ》の効果だ。

「志木《しき》さん、だいじょうぶかなあ」

たまきが、ぽつりと呟いた。いやまあ、皆がそう思っているけど……フラグっぽい言動は不安をあおるからやめて欲しいなあ。

「新規メンバー以外で偵察《ていさつ》スキルを持っているのは、志木《しき》っちだけ。攻撃系でもないスキルのランクを2まで上げるのは、なかなか厳しい」

ミアの言葉がすべてであった。

組織がせいぜい10人と少し程度であったこれまでは、全体を俯瞰《ふかん》する立場の者が偵察《ていさつ》を行うことで、作戦立案から実行までの効率化に成功していた。

しかし今日からは、どうだろう。新たに12人のレベル1が出て、いまレベル1以上となっているのは合計で26人。これだけの人数がいるなら、志木《しき》さんはそろそろ後ろにひっこみ、安全地帯で指揮を執るべきではないか。

この作戦が終わったら、そのことを提案したいと思う。

もっとも、昨日は「自分は戦いたくない」といっていた彼女のことだ。当然のように、これくらいのことは考えているかもしれない。

ぼくたちの組織は、昨日から今日にかけて、ゆっくりと変化していくはずだった。

となると、単純に敵の攻撃がこちらの想定を上回るスピードであったというだけのことか。

ぼくたちは、その分だけリスクを負う必要が出てきた。

まあ、すべて今後の話だ。いまは目の前の作戦に集中するべきだろう。

ほどなくして志木《しき》さんが戻ってくる。

「少し先に弓持ちのオークが4体、樹上に展開しているわ。周囲を2体のジャイアント・ワスプが飛びまわっている」

緊張した声でそういった。

◆　◆　◆

「弓持ちのオークは、肌が緑色で、まるで森に溶け込んでいるようだったわ」

なるほど、ただ雑魚《ざこ》オークが弓を持っているってだけじゃないのか。狩人的な動きに特化した、別のタイプのオークだと思った方がよさそうだ。

「月並みだけど、弓持ちのオークは以後、オーク・アーチャーと呼称。いいわね、カズくん」

「命名法則的には、アーチャー・オークじゃないの？」

「そう……なんだけど。英語的なおかしさが我慢ならないの」

そういうことは、ジェネラルの段階でいって欲しいと思う。

仕方ないじゃないか、最初にエリート・オークって名づけちゃったんだから。

そんなぼくの不満そうな雰囲気を見て取ったか、志木《しき》さんは苦笑いする。

「仕方がないわね。アーチャー・オークでいいわよ」

「すまないねえ、ばあさんや」

「それはいいっこなしでしょう、おじいさん」

冗談めかして笑い合い、リーダーであるぼくたちの間にわだかまりはないことをアピールする。

ミアをちらりと見ると、仕方ないなあといいたげに目で笑っていた。まあ、こいつはぼくたちの間にある微妙な部分にも気づくか……。

昨日は、なんてませた中1だと思ったけど、ミアの兄の超越《ちょうえつ》っぷりを見ていると、なるほどと思えてくる。あの兄にしてこの妹あり、ということがよくわかるのだ。

「問題は、このアーチャーと蜂《はち》の布陣《ふじん》にどう対処するか、なんだけど」

「ジャイアント・ワスプは囮《おとり》」

ミアが素早く、そう告げる。さすが、タクティクスに関しては鋭い。

「え、囮《おとり》って、どういうこと」

大きな盾を持ったたまきが、小首をかしげた。

「森の侵入者がジャイアント・ワスプに気を取られているところを、アーチャーが狙撃《そげき》。相手は死ぬ」

エターナルなんとかかよ。

いやまあ、スナイパーってのはそれくらい危険ではあるんだけど。

「うー、それは厄介《やっかい》だわ」

「でもわたしたちは、もうからくりを知っている。警戒していける。むしろ先手を打てる」

「ミア、きみならどうやる」

「ゲームなら、アーチャーの横か後ろにまわりこんで逆に狙撃《そげき》。マップの端を移動しつつ順次、排除」

打てば響《ひび》くように答えが返ってくる。さすがミア先生だ。

「でも、今回、それは諦《あきら》めた方がいい」

「どうしてだ」

「まわりこめるほど部隊の統率が取れないし、まだ伏兵《ふくへい》がいる可能性もある。ゲームと違って、ユニットの総数がわからない。ましてや戦場の端なんてない」

もっともな話だった。ゲームと現実の区別がきっちりついている。

と、なると必然的に正面突破ということになるが……。

「こちらも囮《おとり》を出して、敵の位置を明らかにしたあと、遠距離から仕留めるのが普通の作戦、かな」

ミアはそういって、ぼくを見る。ああ、なるほど、囮《おとり》ってつまり、ぼくの召喚《しょうかん》魔法ですね。

「普通の作戦、ってことは、普通じゃない作戦もあるのか」

ミアはにやりとする。

「インサイでわたしが近づいて、パス・ウォールでアーチャーの乗っている樹に穴をあけて倒壊させる。アーチャーが落ちてきたところを、ふるぼっこ」

予想以上にえげつない作戦が返ってきた。

なおインサイとは、インヴィジビリティとサイレント・フィールドのことである。中等部本校舎でやった奇襲作戦の変形だ。

「でも、そういうことなら、ランペイジ・プラントは使えませんか」

アリスが口をはさんだ。

ランペイジ・プラントは、2日目の昼、育芸館《いくげいかん》前の攻防戦で使ったランク3の地魔法だ。樹を凶暴な生き物のように操り、周囲の生き物をすべて攻撃する。

「ランペイジ・プラントは、始動が遅い。樹が動き始めた時点でバレるから、奇襲の利点が薄れる」

ミアのいう通り、ランペイジ・プラントは、こちらが罠《わな》にかけるときに最大の効果を発揮させられる魔法だ。最初はそよ風に揺られたように木々が揺れ出し、少しずつ木々が凶暴化していく。どうやら樹齢の高い樹ほど、操るのに時間がかかるらしい。

「いちおういっておくけど、アーチャーが乗っている樹って、かなり太いわよ。あの体格だから当然だけど」

志木《しき》さんが補足した。

そういうことなら、ランペイジ・プラント作戦はいっそう難しいか。アーチャーを樹上の隠れ家から追い出す効果は期待できるが……。

「敵を逃がす可能性が高い作戦は、今回の場合、どうなんだろう」

ぼくは判断を求めて志木《しき》さんを見る。彼女は少し考えたあと、「ミアちゃんの作戦でいきましょう。ミアちゃんをガードするひとが必要ね」といった。

「たまきちゃん、あなたがミアちゃんの横について、盾で彼女を守ってくれないかしら」

「おっけー、任せて！」

なるほど、たまきの大盾で魔法使いをガードするって作戦か。シミュレーションRPGっぽい戦術だなあ。

「じゃあ、カズくん。バフをお願い」

ぼくは召喚《しょうかん》魔法を最小限に抑える。戦闘員の数は充分に足りているからだ。

そのぶん、付与《ふよ》魔法で働かなきゃいけない。まず、全員にフィジカル・アップ、クリア・マインドをかける。ミアと火魔法を使う子ふたりには、スマート・オペレイションで魔法の火力をアップさせる。前衛にはマイティ・アームをかける。

ここまでで、使用したMPは22。レベル18のぼくなら、10分と少しで回復してしまう数字だ。

次にウィンド・エレメンタルを召喚《しょうかん》する。この使い魔は、ぼくの護衛《ごえい》だ。さきほど使用したカラスとこの風の精霊だけが、いまのところぼくが召喚《しょうかん》した使い魔となる。

ぼくがMPを多用するのはここからだ。ある程度、森のなかに足を踏《ふ》み入れたところで、ミアが自分とたまきにサイレント・フィールドとインヴィジビリティをかける。

サイレント・フィールドとインヴィジビリティは、持続時間が3分から4分と極めて短い。そこで、この4発すべてに、ぼくの付与《ふよ》魔法ランク5、エクステンド・スペルを乗せる。各魔法の持続時間は倍になり、これで6分から8分。

いちおう自分にシー・インヴィジビリティもかけておく。

「作戦開始！　ふたりとも、慌《あわ》てるなよ」

透明になっているはずのたまきとミアが、手を繋いで移動を始める。

今回、たまきは武器である銀の剣を鞘《さや》に収めたまま、左手で大盾だけを持って、右手でミアと手を繋いでいる。

志木《しき》さんの姿も消えていた。作戦通りなら、隠密《おんみつ》してふたりの後ろについていっているはずだ。

じりじりと時間が過ぎていく。５分くらい経過しただろうか。

前方で、戦闘音が聞こえ始めた。

「いきますっ」

アリスが駆け出す。

ぼくたちは、彼女を追いかける。

第66話　北の森を攻略せよ2

ぼくたちが追いついたとき、たまきとミアはすでにオークとの戦闘を始めていた。

ミアのそばの樹が、真っ二つにへし折れている。ふたりのそばに墜落《ついらく》した緑色の肌のオークが、たまきの銀の剣に斬り裂《さ》かれ、いましも消えようとしていた。

ここでぼくがレベルアップする。白い部屋へ。

◆◆◆

白い部屋に来たといっても、まだ戦闘は始まったばかりだ。

特にやることもない。はずだったのだが……。

ミアが不気味に笑い、背負っていたリュックサックを下ろす。なかから、手錠《てじょう》と縄《なわ》とロープを取り出した。縄《なわ》は、志木《しき》さんが用意した丈夫なものではなく、もっと細長いものだ。

おい、おまえ……。

「これから、アリスちんに、昨日の勝手な行動のお仕置きをしよう」

「おれは、そんなものを持ってきたきみにお仕置きをしたい。志木《しき》さんが用意したロープとかはどうした」

「全員がロープ持つ必要、ないよ？　せっかくの白い部屋、有意義に過ごそう」

　有意義とはいったい。

「鞭《むち》もあるよ？」

「用意周到だな」

「がんばって用意した」

　ミアは胸を張る。その無駄な努力にかける姿勢は、まさしく結城《ゆうき》先輩と同じだと思う。

　口にしたら地雷《じらい》を踏《ふ》みぬくようなものだから、いわないけど。

「すごいわ、ミアちゃん。忍者先輩みたい」

　全力で地雷《じらい》を踏《ふ》みに行った勇者がいた。

　ミアはくるりとたまきに振り返ると、彼女に向かって縄《なわ》を投擲《とうてき》する。

「コントロール・ウィンド」

　風魔法ランク３、空気の流れを操る魔法によって、縄《なわ》はたまきの周囲をぐるぐる回転した。

　彼女にからみつく。

「わっ、わあっ、待ってミアちゃん、待ってーっ」

「むう、この魔法で縛り上げるの、難しい……。練習しないと」

「わたしで練習しちゃダメーっ」

　結局、縄《なわ》は中途半端にたまきの周囲を数回転したところでちからつき、ぺたりと床に落ちた。

うーん、アイデアはいいと思うんだけどな……。

「気がすんだか、ミア」

「ん。ちょっとだけ」

ミアは眠そうな目でぼくを見上げる。

でも、まる1日もつき合っていれば、いい加減、気づく。彼女はどうやら、寂しがっているようだ。そういえば、昨日の夜の戦い、結果的にミアは除け者のようなかたちになってしまった。

ぼくもたまきもアリスも必死だったのだけれど、ミアにしてみれば、兄にも会えず、ぼくたちは消えてしまい、かといって捜しにいくこともできず……悶々《もんもん》としたことだろう。

そして帰ってきたぼくたち3人は、とても深い絆《きずな》で結ばれていた。

「ミア、こっちに来い」

「ん」

駆け寄ってきたミアの頭を撫《な》でる。小柄な少女は、気持ちよさそうに目を細めた。

「きみが大切な仲間だということは変わらない。これからもずっとだ」

「じゃあ、抱いてくれる？」

ぼくは、ミアの額に軽くデコピンする。

「カズっち、意地悪……」

「あまり、ぼくを追い詰めないでくれよ。ただでさえぼくは、弱い人間なんだ」

「ん。知ってる。でも、わたしだって、そんなに強くないよ？」

「押しつぶされそうか？　ミアが辛いなら、ぼくはいくらだって、ちからになってやる。でもできれば、それは、本当にどうしようもなくなったときにとっておいて欲しい」

ミアは口もとを歪《ゆが》めて「んー」と少し考えたあと……。

「まだ、もう少し、平気」

正直に、そう答えてくれた。

ほっとする。彼女が冷静に自分のことを判断できているから。

たぶん、ぼくもアリスもたまきも、もうあまり、正気じゃない。正気ではいられなかった。それほど過酷《かこく》な戦いを強いられてきた。

だけどミアは、このちょっと変わった少女だけは、徹頭徹尾《てっとうてつび》、マトモだ。いってることは割とふざけていて、しかも常時とぼけているけれど、それはむしろ余裕の現れといっていい。

いやはやまったく、兄妹そろってたいしたタマである。

そんな彼女だからこそ、少し離れたところで、ぼくたちを冷静に観察していて欲しかった。

全員が入れ込んでいては、どこかで落とし穴にはまってしまうように思うのだ。

ミアならば、そんな落とし穴を発見し、事前に「そこ、危ない」と注意してくれるような気がするのである。

だから、ちょっと申し訳ないけれど、ぼくは彼女にこう頼む。

「ぼくたちのストッパーになってくれ。ミア、冷静なきみならできると思う」

「ん。カズっちはわりとサドっけ強い。じらしプレイが、たまらない」

「きみの方がよほどサドっぽいけどな……」

ミアは「そっかな」と可愛らしく小首をかしげてみせる。

縄《なわ》と手錠《てじょう》をホイと差し出してくる。

「わたし、Mでもイケるよ？ 縛って叩いてみる？」

「そういうのは、いいから」

ぼくはミアの額にもう一度、軽くデコピンする。

それからぼくたちは、4人で車座になって、話をした。たわいもない会話だ。でも、互いの絆《きずな》を深め、溝を埋める作業である。昨日の夜における冒険と戦いの話もした。ミアの兄のことも詳しく話した。彼がなにをやっていて、どれほどすごかったかも、話した。

そのついでに、ぼくが高等部でいじめられていたことも打ち明けたけれど……。

「知ってたよ？」

ミアは平然と、そういった。これには、ぼくを含めた全員が驚く。

「わたし、兄を殴るために、よく高等部にいってたから。カズっちがいじめられているところ、時々、見たよ」

「そんなこと、昨日はひとことも……」

「昨日のカズっちなら、わたしが高等部でのこと見てたって知ったら、わたしに心を許さなかった」

ああ、まあ、その通りだけどさ……。

昨日の夜の出来事を乗り越えたいまだから、こうして平然と話をしていられる、というのはあるんだけどさ。

「きみはその割には、最初からずいぶんと……」

ミアは、平然と首を振る。それから、じっとぼくを見上げてくる。

「先入観抜きで冷静に判断して、カズっちは昨日の朝の時点でいいリーダーだった。なら、過去なんて関係ない」

そりゃまあ、そうかもしれないけど。そこまで知っていてなお、率先して手をあげて、率先して自分の命をぼくに預けたってのか。

クソ度胸というか、なんというか……。

「それと。兄が、カズっちのことを話してた」

「あのひと……結城《ゆうき》先輩が……なんて？」

「狼の目をしている、って。あれは、いつか絶対、あのシバっていじめっ子を殺す目だって」

すげぇな、そこまでわかるか。あのひとって、ほんとなにものなんだ。

いや、忍者なんだけどさ……。
和久《かずひさ》：レベル19　付与《ふよ》魔法5／召喚《しょうかん》魔法6　スキルポイント2

◆◆◆

白い部屋からもとの場所に戻った直後。

2匹のジャイアント・ワスプが、ミアとたまきに針を飛ばす。

たまきがミアをかばうように大盾をかざし、頭上から飛んできた針を弾く。シールドのスキルがなくても、肉体1を持つたまきにとって、この程度は余裕でこなせるようだ。

周囲の樹上から姿を現した緑の肌を持つオークたちが、3体、弓を構える。

たまきめがけて、一斉に矢を射た。

盾がいかにおおきかろうと、構えられる方向はひとつだけだ。対してアーチャー・オークは3方からたまきたちを取り囲んでいる。どこか手薄な面ができてしまう。

ただし、それはミアがなにもしない場合であって……。

「エア・ブラスト」

ミアは風魔法ランク1のエア・ブラストを、一方のオークに向かって放つ。

周囲の空気がかき乱され、矢の方向が変わる。1本の矢が、わずかにふたりのもとを逸れ、地面に突き刺さった。

別の1本には、たまきが対処する。左手の大盾でミアをかばい、矢を弾く。

そして残る最後の1本は……。

たまきが、飛来するその1本の正面に立ち、剣を振るう。銀の閃光《せんこう》が走り、矢が真っ二つに絶ち切られる。

わー、すげぇ。飛んでくる矢を斬るとか、どんな剣豪漫画だよ。

これがランク7のちからなのか。人間をやめてる感じすらある。いやまあ、わかっていたことではあるけど。

ぼくたちは、昨日1日で、とてつもなく強くなった。

相手がジェネラルとかだからいまひとつ実感が湧《わ》かなかったけれど、夕方には大苦戦したそのジェネラルを、深夜にはさしたる恐れもなく倒せるようになっていた。

週刊少年漫画もびっくりのインフレっぷりである。

ぼくたちには、どうしてこれほどまでに急成長するちからが与えられているのだろう。

この世界で過ごす1日ごとに、ぼくたちの身体は異次元の領域へと造り替えられていく。この先にはなにが待っているというのだろう。

いや、そんなもの思いに浸っている場合ではなかった。いまは戦闘中だ。

志木《しき》さんは相変わらず隠密《おんみつ》しているから、ぼくが指示を出さなきゃいけない。

「高橋さんと最上さんは、火魔法で蜂《はち》を。アリスはジャベリンで樹上のアーチャーを」

「はい!」

火魔法を持つふたりが、火魔法ランク2のフレイム・アローを放った。

この魔法は、ランク1につき1本の矢を放つ。

火魔法ランク3の彼女たちは、一度に3本の炎の矢を放ってジャイアント・ワスプを火だるまにした。

アリスはジャベリンを投げようとするが、その前にアーチャーが樹の陰に隠れてしまう。アリスは悔しそうに手を止める。

「あうう、うまくいきません……」

いたしかたなし、といったところだ。

Q&Aによると、槍《やり》を投擲《とうてき》する場合、同じスキルレベルなら、槍《やり》スキルの所持者より投擲《とうてき》スキルの所持者の方が有利であるらしい。槍《やり》スキルによる投擲《とうてき》は、あくまで補助ということである。

本職に比べてどれくらい劣るのかまでは、白い部屋のノートPCも答えてくれなかった。アリスやたまきの様子から察するに、使い魔と同じように、ランクマイナス2といったところではないだろうかと推測している。

純然たる事実として、アリスのジャベリンによる投擲《とうてき》は、接近戦での刺突《しとつ》ほどのちからを持たない。遮蔽《しゃへい》をとった賢《かしこ》い敵を相手に遠距離戦をするのは荷が重い。

つーか、アーチャーめ、賢《かしこ》いな……。レイプに夢中になって無防備な尻を晒《さら》していたやつらと同じ種族とは思えないよ。

いや、肌の色も違うし、そもそも別種族なのかもしれないけど。アーチャー・オークと勝手に名づけたのはぼくたちであって、彼らには彼らの種族名があるのかもしれない。

さて、ミアは大活躍だった。遮蔽《しゃへい》を取ったアーチャーのいる樹の根もとまで走り寄り、無慈悲なパス・ウォールで樹に大穴をあけて真っ二つにへし折る。落下してきたアーチャーを、たまきが手際よく倒す。

これはゲームじゃない。遮蔽《しゃへい》をとる敵がいたなら、遮蔽《しゃへい》そのものをなくしてしまえばいい。ミアの戦い方は理にかなっている。

2体目のアーチャーが倒されたところで、残る2体が逃走を始めた。樹から樹へと飛び移り、森の奥へ消えようとする。

そのうちの1体は、待ちかねていたアリスが、ジャベリンを投擲《とうてき》してその身を串刺しにし、仕留めた。

だが残る1体は、投擲《とうてき》しても届かないほど遠くへいってしまい……。

その背中にナイフが突き刺さる。アーチャーは地面に落下した。

このアーチャーを不意打ちしたのは、志木《しき》さんだった。どうやら逃走を懸念《けねん》して、はじめから森の奥の方に陣取っていたようだ。

「なんとかなったわね」

木陰から出てきた志木《しき》さんが、すまし顔で肩をすくめる。完璧《かんぺき》な位置取りだ。

落下したアーチャーに長月桜《ながつきさくら》が駆け寄り、鉄槍を突きだしてトドメを刺す。オークを殺すとき、桜は狂気じみた笑顔をしていた。ちょっと怖い。

そうこうするうち、ジャイアント・ワスプ組の方もケリがついている。

1体の蜂《はち》につき、フレイム・アロー3発ほどで終わったようだ。飛びまわるせいでうまく狙《ねら》いがつけられなかったから、仕方がないところだろう。

たぶん、火魔法ランク3のファイア・ボムの使用を許可すれば、もっとはやくケリがついたと思う。だが炎の爆発は、森のなかで放つにはちと怖い。火の粉が枯れ草に飛んで山火事など起きたら、目も当てられない。

宝石の回収をする。ジャイアント・ワスプは、以前と同じく赤い宝石が3個。アーチャー・オークもやはり、赤い宝石が3個だった。

第67話　北の森を攻略せよ3

ぼくたちは、最初の戦闘を無難に切り抜けた。

志木《しき》さんがすぐさま姿を消し、北東部の偵察《ていさつ》に移る。

ぼくは試しに、とカラスを東側に放った。

だがカラスとの繋がりは、数分で途絶える。ジャイアント・ワスプに殺されたのだろう。やはり東側にも、蜂《はち》がいるか……。

最初の偵察《ていさつ》のとき、カラスがジャイアント・ワスプに殺されなかったのは幸運だったにすぎないのだろう。いや、今回は低空を飛ばしていたから、というのもあるかな。

「高等部が心配だな」

「ん。兄は、たぶん、適当になんとかする」

ミアは平然としている。

たしかにあのひとなら、なんとかしそうではあるけどさ……。

「兄について心配だったのは、最初のレベルアップができるかどうか、だけ。その壁さえ越えられたなら、あとは自力でイケる」

「そうね、忍者はすごいわ！」

たまきが呑気《のんき》に笑う。

いや忍者って時点でおかしいんだけど。

ミアは「むー」と眉間《みけん》に皺《しわ》を寄せている。

10分ほど待ったあと、志木《しき》さんが戻ってきた。北東の方にいったのに、戻ってきたのは西からだった。

「奥にいくほど、警戒が厳重になっていくわね。なるべく敵が孤立している部分を狙《ねら》っていきましょう。案内するわ」

頼もしい彼女の案内で、ぼくたちは少し西側からまわりこむようにして、オークたちの拠点に向かう。

アーチャー3体だけの見張り部隊がいた。蜂《はち》がいないなら、楽勝だ。奇襲で迅速《じんそく》に全滅させる。

ぼくたちのパーティが2体、志木《しき》さんたちのパーティが1体、倒した。

「これくらいの数なら、いけるわね。問題は、ここから先、こんなに楽な部隊はいないだろうってことだけど」

「全体的に数が多いのか」

「というより、絶妙な配置なのよ。隣の部隊と連携を取れる、ギリギリのところに広がってる」

知恵を使っているなあ。

いや、違うのか？　単純に敵の中心部に近づいているから、網の目が細かくなっているだけかもしれない。

「本当に本拠地に近づいているかは、わからないわ。あまり奥までいくと、見つかったとき逃げ帰れないから、深入りしてないの」

「それで正解だ」

ここで志木《しき》さんに無理をさせても、意味はない。

いざとなれば、一度、撤退すればいいだけのことだ。

◆◆◆

次の戦闘では、ジャイアント・ワスプ２体、アーチャー３体のグループを強襲した。

ただし、このグループＡのすぐ近くに別のグループがいる。こっちのグループＢは、ジャイアント・ワスプ２体、アーチャー２体だ。気づかれずに戦うのは不可能な位置だった。

さらにグループＢの近くにも、また別のグループがいる。こちらはグループＣとしよう。幸いなのは、固まっているのはこの３グループだけであるため、これ以上の連鎖《れんさ》がないことくらいか。

「考え方を変えましょう。戦力の逐次《ちくじ》投入が行われると思って、順番に相手にするの」

もちろんこれは、敵が撤退を始めた場合、ばらばらに逃げてしまうことを意味する。

志木《しき》さんひとりでは、逃げる敵を仕留められないかもしれない。そのあたりを懸念《けねん》し、今回はミアが志木《しき》さんとともに動くことになった。

ふたりの役目は、逃げる敵を確実に潰すこと。地と風の各種拘束《こうそく》系魔法は、足止めに最適だ。

ミアが抜けたため、正面の部隊は強襲以外の選択ができなくなる。

仕方がないので、たまきの大盾に隠れてその陰から火魔法使いのふたりがフレイム・アローで攻撃したり、ぼくの使い魔を前面に押し立てて仲間に被害が及ばないようにしたりと工夫することになった。

ぼくはウィンド・エレメンタルを追加で2体、召喚《しょうかん》する。合計で3体だ。

ミアが欠けた分の手数は、使い魔で補おう。

◆　◆　◆

戦闘が始まる。

ぼくたちは、たまきの大盾を遮蔽《しゃへい》としてゆっくりと前進する。

アーチャーたちが接近するぼくたちに気づき、激しく矢を放ってくる。

大盾の陰に隠れる作戦は、火魔法の使い手である女子生徒ふたりが降り注ぐ矢に怯《おび》えてしまったことで、いまひとつ効果的に機能しなかった。

ぼくの召喚《しょうかん》したウィンド・エレメンタル3体が、空を飛んでアーチャーを強襲する。これにより、ようやく矢の雨を妨害することに成功した。

矢が飛んでこなくなったことで、火魔法の使い手たちがようやく顔を上げる。

アリスが、苦戦をしていたジャイアント・ワスプに、フレイム・アローを連射した。

ジャイアント・ワスプの羽根が焼け焦げ、地面に墜落《ついらく》していく。

「グループB、来ます！」

アリスが叫ぶ。

見上げれば、まず飛来したのは、新手のジャイアント・ワスプ2体だ。

その後ろから、木々を身軽に飛び移って、アーチャー2体が迫ってくる。そのさらに後方には、グループCの姿も見える。

アーチャーの弓の射程に入る前に、他をなんとかしたいところだけど……。

「わたしが、囮《おとり》になります」

ジャベリンを手に、長月桜《ながつきさくら》が前進する。ああ、もうっ、またか！

桜はスルスルと太い樹によじ登り、ジャベリンをジャイアント・ワスプに投擲《とうてき》する。

ジャベリンは外れた。ジャイアント・ワスプの動きが速すぎて、不慣れな投擲《とうてき》では厳しいようだ。

だがそれでも……充分だ。2体のジャイアント・ワスプが桜の方に向きを変える。尻の針を突きだし、射撃態勢に入る。

一瞬、モンスターの動きが止まり、無防備になった。

「アリス、いまだ！」

「は、はいっ」

桜の行動は無謀《むぼう》だが、しかしチャンスはチャンスだ。アリスの投擲《とうてき》したジャベリンが、ジャイアント・ワスプ1体の胴を貫《つらぬ》き、これを地面に叩き落とす。

もう1体は、火魔法使いのふたりが丸焼きにする。

少し離れたところから、グループBのアーチャー2体が射撃を開始してくる。

このとき、ぼくの使い魔たちが、グループAのアーチャーを3体ともほぼ同時に仕留めた。

ミアがレベルアップする。

◆　◆　◆

白い部屋にて。

ぼくたちは改めて、ずっと隠れっぱなしだったミアに状況を報告する。

「ん。なにもしないのにレベルアップして、お得な気分」

「気にするな。ぼくなんていつもそんな気分だ」

実際のところ、ぼくのかけた援護魔法や、ぼくの召喚《しょうかん》した使い魔が活躍してはいるのだけれど、ぼく自身は基本的に見てるだけだからなあ。

「で、ミア。地魔法を上げるってことでいいのか」

いまミアのスキルポイントは６。地魔法はランク４で風魔法はランク３だから、どちらでも上昇させることができる。

「ん。カズっちたちとレベルが離されちゃったから、１本伸ばしで追いつきたいところ……だけど」

ミアは腕組みして、ぐむー、と唸る。あれ、いまさら悩むのか？

「今日の状況的に、風魔法の方がいい気がしてきた」

「あー、やっぱ、フライか」

風魔法のランク４には、待望の飛行魔法、フライがある。持続時間はランクにつき２分から３分。ランク４になった時点で考えるなら、８分から12分だ。

ほかの飛行魔法としては、付与《ふよ》魔法ランク６のウィングがある。

背中に飛行用の翼を生やす魔法だ。こちらはランクにつき20分から30分だが、手足のように背中の翼を動かす必要があるため、いろいろクセが強い。

対してフライは、念じるだけで浮き上がり、上下左右自在に移動できるというから、戦闘だけならこちらの方が有利だろう。

たしかに森のなかでのアーチャー戦や、飛行してくるジャイアント・ワスプ戦を考えると、フライの方がいい、か。

とはいえ、ここはあえて対案を出そう。

「地魔法だと、敵の血液を沸騰《ふっとう》させるブラッド・ボイルドや、大岩を落とすロック・フォールで先に殺すって手段も取れるぞ」

「ブラッド・ボイルドは雑魚《ざこ》なら大丈夫そうだけど、どうせ格上にはレジストされる。それならスリーピング・ソングあたりで樹の上から落としても同じ。攻撃魔法は確かに有用だけど、アリスちんやたまきちんが空を飛んで突っ込んだ方が、総合的に有利っぽい？」

見事な反論だと感心する。なにもおかしくないな。

ってていうか、あのさあ、ミア。きみ、本当に中1だよね？　半年前まで小学生だったんだよね？　年齢を考えると、お兄さんと比べても遜色がない気がするんだけど……。

このへんについて考えていくとへこむから、考えないようにしよう。

いま重要なことは、ミアの判断がそうとうに信頼できるということだ。

「昨日の夜時点での最適解が、今日も最適解とは限らない。それだけのこと」

平然としているミアだけど、アリスやたまきも、そんな彼女に呆れていた。

頼もしいからいいんだけどね……。

そういうわけで、ミアには風魔法を上げてもらうことにする。

ミア：レベル11 地魔法4／風魔法3→4 スキルポイント2

◆ ◆ ◆

ミアの風魔法のランクを上げ、もとの場所に戻ってすぐ。

グループAを殲滅《せんめつ》したぼくの使い魔たちが、グループBのアーチャーから雨のように矢を浴びる。特に1体が、集中攻撃を受け、そうとうな深手を負ってしまった。

ぼくはいったん、全部の使い魔を下がらせる。

「アリス、桜、たまきの盾の陰に！　戦線を下げるんだ！」

ここで相手に釣られて前進すると、ひどい目に遭《あ》うだろう。

ぼくたちは、じりじりと後退する。その間に、グループBの生き残りであるアーチャー・オーク2体が、グループCと合流してしまった。

グループCは、ジャイアント・ワスプ4体、アーチャー・オーク3体だ。合計で蜂《はち》が4、アーチャーが5。これまでで最大の数である。

勢いに任せてこの群れに突っ込んだら、ただではすまなかっただろう。

だがいまは、幸い、こちらが迎え討つ番だ。3体のアーチャーがたまきの大盾に対してひたすら矢を射かけ、盾の正面をハリネズミのようにしていた。

残る2体が、盾の陰に隠れていないぼくの使い魔を攻撃してくる。すでに傷ついていた方のウィンド・エレメンタルが、ついに耐えきれなくなって消滅した。

絹《きぬ》を裂《さ》くような女性の悲鳴をあげ、四散するエレメンタル。

くそっ、後味が悪いな！

いや、生身の人間が死ぬよりはマシだと考えよう。

ぼくらがアーチャーの矢で足留めされている間に、ジャイアント・ワスプが突っ込んでくる。上空でホバリングして、お尻の針を下方にいるぼくたちに向ける。

「アリス！」

「はいっ」

ぼくの合図で、アリスがジャベリンを投擲《とうてき》する。同時に火魔法の女の子たちがフレイム・アローを発射。

ぼくたちめがけて落ちてくる4本の巨大な針に対しては、残る2体の使い魔が上空に割って入る。

ウィンド・エレメンタルの1体が、針を胴体に受け、よろめく。もう1体は頭部と肩に針を受け、存在を消滅させる。

よくやった。ぼくは心のなかで、身を挺《てい》して守ってくれたウィンド・エレメンタルに感謝する。

残る1本の針が、ぼくたちめがけて落下してくる。

だが、針が1本しかないなら、たまきがいる。裂帛《れっぱく》の気合のもと、たまきが頭上に振るった銀の剣が、針を真っ二つに絶ち切ってみせる。

さすがランク7、モノが違う。

こうして必殺の攻撃をしのがれた4体のジャイアント・ワスプは、後衛の集中砲火を浴びて、ことごとく始末された。

よし、これで残りは、5体のアーチャーだけだ……が。

その5体のアーチャーが、背を向けて逃げ始める。

「あ、こら、逃げるなーっ」

たまきが叫ぶ。いや、そりゃ逃げるだろー。

逃走する5体のうち、1体だけは火魔法による集中砲火で倒せた。だが残り4体は、ぼくたちの射程の外に出てしまう。

いまこそ伏兵《ふくへい》が生きるときだった。

物陰から志木《しき》さんがダガーを投擲《とうてき》する。

ミアが新たに覚えた風魔法ランク4、ワールウィンドで竜巻をつくり、3体のアーチャーの行く手に竜巻をつくる。樹上を逃走する敵が立ち往生したところに、スリーピング・ソングを入れて、適宜《てきぎ》、眠らせていく。

眠ったアーチャー・オークが、地面に落下する。トマトが潰れるような音が響《ひび》く。

生き残った1体が、竜巻をおおまわりして逃げようとする。そこに、ぼくの使い魔、ウィンド・エレメンタルが追いついた。

風の精霊が、紫電をまとった拳で殴りかかる。アーチャー・オークの背中に拳が命中し、アーチャーは跳躍《ちょうやく》の直前、身をけいれんさせる。

緑の肌のオークは、バランスを崩し、頭から地面に墜落《ついらく》した。

「なんとか、全滅させることができたわね」

姿を現した志木《しき》さんが、ほっとした声でいう。

みんな、安堵《あんど》のため息を漏《も》らす。

第68話　北の森を攻略せよ4

ほぼ無傷で第2防衛ラインを突破したぼくたちだったけれど、代償としてぼくは、2体のウィンド・エレメンタルを失った。

ランク5の使い魔を召喚《しょうかん》するために必要なMPは25、いまぼくはレベル19だから、30分ほど休むことでこの損耗《そんもう》を埋められる。

だが、いまは敵陣のど真ん中だ。呑気《のんき》に30分近くも休むわけにはいかない。このままいくしかないだろう。

かといって、戦力を低下させることも論外だ。

ぼくは新たに2体のウィンド・エレメンタルを呼び出す。生き残りの傷ついたウィンドエレメンタルは、MPに余裕のあるアリスが治療する。

ぼくのMPは、現在、60プラス自然回復分。おそらくは70あるかないか、といったところだろう。敵の本体がどこにいるかもわからない現状、これ以上の使い魔の損耗《そんもう》は避けたいところだ。

志木《しき》さんが少し偵察《ていさつ》し、戻ってくる。

「この先は、敵が密集しすぎているわ。ちから押ししかないみたいね」

「どれくらい？」

「アーチャーが8体から10体、ジャイアント・ワスプが6体以上、それと地上には、雑魚《ざこ》のオークが20体程度ね」

かなりの陣容だった。これは……一度、後退するべきか？

いや、もうここまで来れば、敵側に襲撃《しゅうげき》を察知されようがどうしようが関係ない、と考えることもできる。

オーク側の本陣は、間違いなくこの近くにあるのだ。ならば、ぼくたちが見つかることを恐れず、この先の敵を片端から掃討《そうとう》するべきだろう。

「アリスとたまきを突っ込ませて掃討《そうとう》する作戦でいきたい」

「待って、カズくん。それは危険すぎるわ」

志木《しき》さんが慌《あわ》てた声を出す。

だけど、ぼくが彼女の方を向いたところ、志木《しき》さんは口調とは裏腹に、悪戯《いたずら》っぽく笑っていた。

ああ、そういうことか。彼女が止める役、ぼくが説明役か。本当にいやらしいひとだなあ。

「ミアのワールウィンドで竜巻を発生させて、アーチャーの弓矢をある程度封じようと思う」

ミアが新たに覚えた風魔法ランク4、ワールウィンドは、竜巻を発生させる魔法だ。

さきほど使った限りだと、樹上のアーチャーが足もともおぼつかなくなるほどの強風を発生させる。うまくすれば、それだけで地面に落下させられるだろう。

「そのうえで、アリスとたまきにフライをかけて、突っ込んでもらう。接近さえしてしまえば、アーチャーなんてふたりの敵じゃない」

「それは……そうね。でもまだ、蜂《はち》と雑魚《ざこ》オークがいるわ」

「雑魚《ざこ》オークの相手は、ぼくの使い魔と桜さんが担当する」

長月桜《ながつきさくら》は、さきほどの戦闘でレベル5になり、槍術《そうじゅつ》のランクを3に上げている。彼女もアリスと同様、生粋《きっすい》の戦士だ。雑魚《ざこ》オークを相手にして、そうそう後れを取ることはないだろう。

「蜂《はち》については、遠隔攻撃担当の志木《しき》さんと火魔法のふたりにお任せだな。うまくやって欲しい」

「そう……ね。わたしも含めて、敵が逃げても構わないって態勢で正面からゴリ押しするなら……なんとかならないこともない、か」

「うん。さっき苦戦したのは、あくまで敵を1体も逃さないため、だったからだと思うよ。そんな余裕をかなぐり捨てていけば、充分に勝てるんじゃないかな」

その場合、逃げた敵がさらなる増援を引き連れてくる可能性もあるが……。

森の外側には逃がさないようにして、ひたすら敵の拠点に追い込んでいくなら、まあいいか、という感じだ。

ボスが出てくるなら上等だ。うちのたまきが相手になる。どのみち、たまきで勝てないような相手なら、いまのぼくたちに勝ち目なんてない。

そしてこれはカンだけど、ジェネラル以上の敵がいたとして、そいつはそうそう、拠点から離れないんじゃないだろうか。自由に動けるような戦力だったら、昨日の時点でそいつがぼくたちの拠点、育芸館《いくげいかん》に強襲してきていたと思うのだ。

もちろん、その自由に動ける強大な戦力が、蜂《はち》同様、今朝《けさ》になって出現した可能性というのもありうるわけだけど、その場合、いろいろどうしようもないからなあ。

はたして、ぼくと志木《しき》さんは、アイコンタクトでそういったことをわかり合う。

互いにうなずいてみせる。

「わかったわ。リスクはあるけど、これは必要経費ね」

しばしのち、志木《しき》さんがうなずく。

作戦決定だった。

◆◆◆

アーチャーたちの警戒する一帯に、突如として竜巻が巻きあがる。同時に飛来したフレイム・アローが、ジャイアント・ワスプの1体を焼き、地面に落とす。

オークたちは迅速《じんそく》に反応し、敵を警戒する。

そこに、空を飛んだアリスとたまきが強襲をしかけた。

エクステンド・スペルをかけたヘイストの赤い軌跡《きせき》を残して、ふたりは一直線に樹上のアーチャーへ。オークの狩人たちは、弓に矢をつがえてアリスたちに放つも、竜巻がつくり出す強い風に邪魔され、狙《ねら》いが外れる。

今回、たまきは大盾を置いてきている。１体でもはやく敵を始末することが、なにより重要だからだ。

その大盾は、ぼくがよっこらせと背中にかついでいる。

すごく……重いです。前進する仲間たちを追いかけながら、ぼくはよろめく。

振り返った桜が、「持ちましょうか」と声をかけてくる。

「いや、きみはオークの方に当たってくれ。ぼくは付与《ふよ》魔法をかけたら、あとは指示を出す以外、なにもすることがないから」

そういってぼくは、前方の木々の間から飛び出してくる雑魚《ざこ》オークを見る。

桜はその視線に気づき、前を向いて、鉄槍を握る。

「後衛の護衛《ごえい》は、ぼくの使い魔がやる。桜さんは自由に動いて……」

ぼくが最後までいう前に、桜は飛びだしていた。槍《やり》１本でオークの群れに飛び込み、片端から血祭りにあげていく。突進してきたオークたちだが、たちまち混乱をきたす。

一方、頭上から飛来するジャイアント・ワスプだが、こちらは火魔法の使い手たちと志木《しき》さんが相手にしている。

志木《しき》さんの方は、あえて隠密《おんみつ》せず、投擲《とうてき》で敵の注意を引きつけることに専念していた。

メインの火力は、フレイム・アローだ。

ジャイアント・ワスプたちが志木《しき》さんに気を取られている隙に、ぼくの背中の大盾のさらに後ろから火の矢が放たれる。

って、ふたりともなんで、ぼくの後ろに隠れてるんですか。どうにも姿が見えないと思ったら……。

いや、いいけどさ。

ぼくは、いまやレベル19。志木《しき》さんたちの5倍近いレベルを持っている。

ぼくなら、矢や針が当たってもそうそう死なないだろう。

どうせ、戦闘中はほとんどなにもしないのだ。ならせめて、肉の盾になろう。

最悪なのは、ぼくをかばって仲間が死ぬことだ。仲間が死ぬよりは、ぼくが少し痛い思いをする方が、よほどいい。

下山田茜《しもやまだあかね》さんのときのような思いは、もう二度としたくない。

フレイム・アローによって、ばたばたとジャイアント・ワスプが落ちていく。

ミアは竜巻を何個か出してアーチャーを牽制《けんせい》したあと、ワスプ狩りに参戦し、こちらも1体を落とす。アーチャーの方には、たまきとアリスが別々の目標に切り込み、ともに一合で切り伏せて次の目標へ向かう。

ふたりとも、ぶっつけ本番でフライを使いこなしている。本当は一度、白い部屋で練習したかったところだけど、よくもまあ人生初の飛行なんて制御できるよなあ。

「わっ、わあっ、わーっ、止まらないーっ」

と思ったら、たまきが次のアーチャーをすれ違いざまに斬って捨てたあと、そのまままっすぐ空中を突進して、いずこかへ消えてしまう。

おい、こら。

一応、アリスの方は少し速度を落とし、きちんと2体目を倒してそのまま方向転換する。安全運転だ。彼女は将来、免許を取ってもだいじょうぶだろう。

たまきはたぶん、迷惑ドライバーになるだろう。

あ、たまきが戻ってきた。ものすごい勢いで3体目のアーチャーに突進して……方向が外れてるぞ。

「こなくそだわーっ」

たまきは、近くの樹を蹴って、強引に方向を転換する。きりもみ飛行しながら、3体目のアーチャーに激突。文字通り、剣を構えてただ突進しただけの無茶な攻撃で、アーチャー・オークを串刺しにする。

ここでたまきがレベルアップだ。

◆　◆　◆

白い部屋にて。

たまきが、しょんぼりと肩を落としている。

アリスが困ったような笑顔で、たまきを慰《なぐさ》めている。

そしてミアは、腹を抱えてげらげら笑っていた。

「最高。たまきちん、面白い」

「あんまり笑ってやるな」

ぼくはミアの頭をぽかりと叩いた。

落ち込むたまきのもとへ赴《おもむ》き、頭を撫《な》でてやる。顔をあげたたまきは、涙目だった。

「うう、カズさぁん。わたし、わたし、わたし……」

ああ、ダメな子モードが発動しちゃってるなあ。捨てられた犬のような目で、ぼくを見上げてくる。ぼくはだいじょうぶ、を連呼しながら彼女を慰《なぐさ》め続ける。

「こんなことで見捨てたりしないから。せっかくだから、ここで練習すればいい」

「うん。わたし、がんばって練習するわ」

「ついでにぼくも、練習させてもらおう。ミア、きみもだ」

「ん。任せて」

皆で飛行訓練を行った。

結果、判明したことがひとつ。４人で一番、空を飛ぶのが上手いのは、ミアだった。

「楽しい……」

そういえばこいつ、以前も、運動とか好きっていってたな……。

そしてもちろん、一番、飛行が下手なのはぼくだった。たまきにすら心配されるほど、きりもみ回転の連続だった。

「カズさん、気にすることなんてないわ。別に空を飛べなくても、カズさんは困らないじゃない」

「そうとも限らない。みんなで断崖絶壁《だんがいぜっぺき》を渡るようなことも……ある、かも？　まあ、当分は、空を飛ぶことが必要なときはグリフォンを使うよ」

召喚《しょうかん》魔法のランク６には、サモン・グリフォンという巨大なワシのような生き物を召喚《しょうかん》する魔法がある。

このグリフォンという使い魔は、戦闘力こそ低めだが、背にひとを乗せて飛ぶことができるらしい。ついでに、ということでこのオオワシを召喚《しょうかん》してみる。

白と黒茶色のまだら模様を持つ、巨大な鳥が出現する。馬よりふたまわりほどおおきい。翼を広げたおおきさ、つまり翼開長は８メートルくらいになるんじゃないだろうか。

グリフォンは、つぶらな瞳《ひとみ》でぼくを見ると、鋭いくちばしをひらいて、クァー、と鳴いた。

翼を少しばたばたさせると、白い部屋のなかに突風が巻き起こる。

「うわあ、すごいわ。ねえねえ、カズさん、わたしが乗ってみたい！」

「いいけど……よく考えたら、この部屋のおおきさだと、グリフォンが飛ぶほどのスペースがなあ」

「うー、そうね……。残念だわ」

まあ、グリフォンの試乗はまた今度、ということにしよう。やわらかくて暖かい毛並みを撫《な》でてから送還《そうかん》する。

それからしばらく、全員で飛行の訓練をした。互いにアドバイスを与え合い、コツを学び、飛ぶという行為に習熟《しゆうじゆく》していく。

でも最後まで、ぼくの飛行は下手なままだった。

「一緒に空を飛ぶときは、わたしがカズさんの手を引いてあげるわ」

すっかり上機嫌になったたまきが、そういって笑う。

彼女は、最初こそひどいものだったけれど、たちまち三次元の動きに習熟《しゆうじゆく》した。カンそのものは悪くないのである。

でも、なんだかぼくが不当に貶《おとし》められている気がする。

いや、まあいい。たまきの調子が戻ってくれてなによりだよ……。

ため息をつくぼくに、アリスが笑いかけてくる。

「カズさんに戦わないでもらうために、わたしたちが戦うんです」

「そうだね。ぼくが殴り合うようならもう、それは負けだ」

「カズさんは、わたしたちを生かすために頭を使ってください」

わかってる、とぼくはうなずく。

充分に練習したところで、もとの場所に戻る。

たまきのスキルポイントは温存だ。

たまき：レベル17　剣術7／肉体1　スキルポイント5

◆　◆　◆

戦場に戻ってすぐ。

アリスも別のアーチャーの喉を一撃で貫《つらぬ》く。ここでアリスがレベルアップ。

白い部屋では、もうさすがになにもすることがない。

すぐ部屋を出る。

アリス：レベル17　槍術《そうじゅつ》5／治療魔法5　スキルポイント4

その後も、順調に掃討《そうとう》が続く。

志木《しき》さんたちのパーティも、すでに全員が1レベルあがっているようだ。

桜が槍術《そうじゅつ》をランク4にしたらしい。

前衛のオークは、ほとんど彼女ひとりで殺していた。

一応、ぼくの近くまで来たオーク2体だけを、ぼくの使い魔であるウィンド・エレメンタル3体が瞬殺する。

さすがに敵わぬとみて、残ったオークがバラバラに逃げ出した。森の奥へ消える敵を、無理には追わないよう指示する。全滅させられない以上、隊列が伸びきるのはヤバい。

たまきがようやく安定した飛行でアーチャーの1体を倒し、それが今回の戦いにおける最後の戦果だった。

「逃がしたのは、アーチャー3体、あとはオーク7、8体といったところかしらね」

目のいい志木《しき》さんが、そう告げる。

第69話　北の森を攻略せよ5

偵察《ていさつ》に向かった志木《しき》さんは、数分で帰還し、この先に洞窟《どうくつ》があると告げた。

そこが拠点……なんだろうか。

「洞窟《どうくつ》、ですか」

アリスが口もとに手を当て、思案する。

「このあたりに、そんなものが……聞いたこともなかったです」

「アリスとたまきは、このあたりも含めて、学校のまわりの森をあちこち探索してたんだっけ」

「はい。といっても、隅から隅まで、というわけではありませんし、立ち入り禁止になっている奥の方にはいったことがありませんけど」

中等部と高等部が存在するこの山の裏側は、まるごと立ち入り禁止区域になっている。

昔はイノシシが出没して、銃による狩猟も行われていたらしい。

シバの持っていた猟銃《りょうじゅう》も、そういったからみで理事が保管していたものかもしれない。

そういうわけもあって、学校ではあまり森の奥まで入らないよう、指導されている。

こんな森のなかに学校をつくっておいていまさらな気もするけど、まあ生徒の安全とか保護者からの突き上げとかもあって、いろいろな建前が必要だったのだろう。

そんなわけで、アリスやたまきのように勝手な「探検」を行う生徒以外は、自分たちの住む山のことをほとんど知らないという現状がある。

「その洞窟《どうくつ》がオークたちの拠点になってるのか」

「だと思うわ。洞窟《どうくつ》の入り口に、10体くらいのオークがたむろっていたから。結構、慌《あわ》てていたわ。わたしたちの接近を知ったばかりみたい」

志木《しき》さんによると、オークのなかにはエリートが2体ほどいて、指揮を執っているとのことだった。

なるほど、たしかに拠点っぽいなあ。

「洞窟《どうくつ》近くの樹の上にアーチャーが4体、あと周囲を2体のジャイアント・ワスプが飛びまわっているわ」

総戦力は、これまでに比べるとたいしたことがないように思える。

問題は、戦闘を開始したあと、洞窟《どうくつ》のなかからどれほどの敵が出てくるか、だろう。

今回ばかりは、迂闊《うかつ》な突撃をためらってしまう。

だが、ここまで来て引き返すわけにもいかない。次は敵ももっと警戒するだろう。その布陣《ふじん》を打ち破れるとも限らない。

ならば、どうするか。思案ののち、ぼくはこんな提案をする。

「ミア、地魔法のクリエイト・ストーンで、洞窟《どうくつ》の入り口を埋め立てられないかな」

ミアは少し迷ったすえ、「可能、だと思う」といった。

だけど「でも」と続ける。

「だったらいっそ、たまきちんが大盾を構えて洞窟《どうくつ》の前に立って、その後ろからライトニングを連射するとか」

もっとえげつない意見が返ってきた。

攻撃的な提案だけど、でもアリだなあ。

とはいえ、もしジェネラルが出てきたら、たまきが相手するしかない。

大盾は、雑魚《ざこ》が飛び道具をたくさん撃ってくる場面では有効だけど、ジェネラルを相手にするときは重くて邪魔なだけだ。

そう考えると……。

「アイアン・ゴーレムを呼んで、大盾を持たせるか。たまきはそのそばにいてもらおう」

「それがよさそうね。カズくん、あなたのＭＰが心配だけど」

「いまよりいっそう、ただいるだけになる」

まあ、ぼくが戦闘中にうろちょろしても邪魔なだけだ。リフレクションなんて博打はそうそう打ちたくない。

そういったわけで、作戦が決定した。

ぼくは召喚《しょうかん》魔法ランク6の使い魔であるアイアン・ゴーレムを呼び出し、フィジカル・アップ、マイティ・アームをかけたあと、たまきが持っていた大盾を渡す。

見上げるほどの巨漢であるアイアン・ゴーレムは、大盾を左手だけで軽々と持ち上げてみせる。

「アイアン・ゴーレムを先頭にして突っ込む。まず洞窟《どうくつ》の入り口を塞《ふさ》ぐから、邪魔するやつはたまき、アリス、きみたちが斬り捨ててくれ」

たまきとアリスがうなずいた。

アイアン・ゴーレムが、重い足音を立てて駆けだす。いささか鈍重そうな外見にもかかわらず、歩幅がおおきいため、走る速度はそれほど遅くない。

木々をかきわけて出現したアイアン・ゴーレムに、敵の注意が集中する。鋼鉄《こうてつ》の巨人に、樹上のアーチャーたちが次々と矢を放つ。

アイアン・ゴーレムは大盾を掲げて、すべての矢を弾き返す。

「いまだ、突撃！」

ゴーレムの背後からたまきとアリス、桜の3人が飛び出した。アリスと桜が雑魚《ざこ》オークを蹴《け》散《ち》らし、たまきは一直線に指揮を執るエリート・オークのもとへ駆け寄る。

「わたし、役に立ってみせるんだから！」

たまきは、エリートの1体の首を一撃のもとに刎《は》ね飛ばしてみせる。

ここでミアがレベルアップするが、特になにもせず、軽く打ち合わせだけしてもとの場所に戻る。

ミア：レベル12　地魔法4／風魔法4　スキルポイント4

白い部屋から出たあと。

奇襲を受けたオークたちが、洞窟《どうくつ》のなかに向かって警戒の声をあげる。

洞窟《どうくつ》内部で、慌《あわ》ただしく騒ぐ音がする。

「やっぱり、洞窟《どうくつ》のなかにまだ敵がいるか」

「想定のうちよ。増援が来る前に、なるべくここの敵を減らしたいわね」

一方、ジャイアント・ワスプには、火魔法の使い手ふたりと志木《しき》さんが攻撃をかけていた。

強襲を受けて混乱する蜂《はち》のうち、2体を地面に叩き落とす。

ミアは奇襲の利点を生かし、まだ大樹の陰に姿を隠す前のアーチャーの1体にスリーピング・ソングをかけ、これを樹上から落とす。

無防備に落下したアーチャーは、頭から落ちる。肉が潰れる音を立てて動かなくなる。

「ん。スリープは正義」

彼女がいう通り、この局面における睡眠魔法は強い。

ミアと敵のレベル差があるからか、それともぼくの付与《ふよ》魔法のおかげか、雑魚《ざこ》にはこれまで一度もレジストされていないし。

この魔法、エリートにも何度かかけたそうだけど、全部レジストされているとのこと。

雑魚《ざこ》にはやたらめったら強いけど、ちょっとでもランクが上な相手にはきかない類《たぐ》いの魔法ってことなんだろうなあ。

なお昆虫であるジャイアント・ワスプには、そもそも一度もかけていない。

Q&Aにより、昆虫のように頭の内部の構造が違う生命体にはきかない魔法だとすでに判明しているからだ。

さて、正面。たまきがもう1体のエリートも斬り伏せる。

アイアン・ゴーレムが洞窟《どうくつ》の前にとりつき、洞窟《どうくつ》の奥に向けて大盾を構える。

アーチャーが、そんなアイアン・ゴーレムの背中に矢を放っている。多少、矢が突き刺さっているものの、まだまだ健在だ。

ずっとこのままはマズいとは思うけど、いまミアがアーチャーの相手をするわけにはいかない。彼女にはこの先、別の仕事がある。

「ミア、洞窟《どうくつ》のなかにライトニングを。アーチャーはこっちでやる」

「ん、任せる」

ミアが駆けだすと同時に、ぼくは自分たち後衛の護衛《ごえい》として残していた3体のウィンド・エレメンタルを、樹上のアーチャーのもとに突撃させる。

アーチャーも、さすがに自分めがけて飛んでくる敵を見ては、アイアン・ゴーレムどころではない。ウィンド・エレメンタルに矢を射かけるが、1発、2発喰らったところで倒れるようなランク5使い魔ではない。

ウィンド・エレメンタルとアーチャーが、接近戦を始める。

このとき、アリスが雑魚《ざこ》オークをさらに1体、片づけ、ぼくがレベルアップ。

レベル20となった。

ここでも、軽く打ち合わせだけして白い部屋を抜ける。

和久《かずひさ》：レベル20　付与《ふよ》魔法5／召喚《しょうかん》魔法6　スキルポイント4

もとの場所に戻ったところで、ジャイアント・ワスプ4体が、洞窟《どうくつ》前から少し離れた場所にいるぼくたち後衛陣のもとに急降下してくる。

ある程度は覚悟していたとはいえ、巨大な針を持つ大きな蜂《はち》が迫ってくるのは恐怖だ。

だが、ここはぼくが身を挺《てい》すべきところだろう。

女性陣の一歩前に出る。リフレクションをいつでも使えるようにして……。

「いまよ、バーニング・レインを！」

志木《しき》さんのかけ声で、火魔法使いの少女ふたりが一斉に魔法を使う。

炎の雨が、接近するジャイアント・ワスプのもとに降り注ぐ。

少し離れていたぼくのもとにすら焼けるような熱気が迫ってくる、灼熱《しゃくねつ》の炎。

その地獄の業火《ごうか》に二重に羽根を焼かれ、４体のジャイアント・ワスプはあっさりと地面に墜落《ついらく》する。なおも消えぬ炎が蜂《はち》たちの全身を包み、焼き殺す。

うわあ、えぐいなあ……。

ある程度想定していたこととはいえ、火魔法はランクが上がるとすごい破壊力だ。

なお地面に延焼《えんしょう》しかけていた炎は、ぼくがサモン・ウォーターで大量の水を出して鎮火させる。

ちなみにバーニング・レインは、火魔法のランク４である。彼女たちも、さっきランクを上げて覚えたばかりなのだろう。

こちらがそんなことをしている間に、ウィンド・エレメンタルたちが、それぞれ相手にしていたアーチャーを風のカッターで切り刻み、倒している。

ほかの雑魚《ざこ》オークは逃げようとしたところを、桜とアリスが執拗《しつよう》に追いすがり、すべて始末していた。

今回は先に洞窟《どうくつ》という逃げ道を塞《ふさ》いだおかげで、殲滅《せんめつ》が楽だった。

とはいえ、本番はここからだ。

ミアが洞窟《どうくつ》内部にライトニングを連射している。

苦悶《くもん》の声が洞窟《どうくつ》のなかから聞こえてきている。同時に、なにかが倒れ伏す音も。

だが、それだけではない。

「なにか、出てくる」

ミアが叫び、少し後退する。ぼくはアイアン・ゴーレムに一度下がるよう促し……。

その前に、洞窟《どうくつ》から飛び出してきた者がいる。

そいつの武器は、銀色に光る金属球がついた鎖《くさり》と、それを振りまわすための柄としての棍《こん》。

いわゆるフレイルという武器である。

そのフレイルを構えた黒いオークが、アイアン・ゴーレムの胴にその金属球をぶつけ……。

ようとしたところで、それを遮《さえぎ》るものがあった。

鋭い動きで割り込んだたまきの銀剣が、銀色の金属球を弾く。

「ジェネラル！　あなたの相手は、わたしだわ！」

たまきに応えるように、ジェネラルが雄たけびをあげた。衝撃《しょうげき》波で、アイアン・ゴーレムが吹き飛ばされる。

さて、ここからが……決戦の本番か。

第70話 北の森洞窟《どうくつ》前決戦

ジェネラルが出てきた。昨日から数えて3体目だ。

今度のジェネラルは、フレイルを構えている。

鈍器を持ったオークは、これまでもいた。棍棒《こんぼう》を持って襲ってくるやつらが、ちらほらと。

ただ、今回のフレイルは、ちょっとばかり勝手が違う。

本来、フレイルというのはトゲトゲの鉄球と握りとなる棍《こん》を鎖《くさり》でつないだ武器だ。

ドラクエで僧侶《そうりょ》などが使っているアレである。単純に質量のかたまりを振りまわしてくるのだから、ぼくには剣などよりはるかに厄介《やっかい》に思えるのだが……。

「たまき、いけるか」

「任せて、カズさん！　こんなの楽勝……っ」

と笑うたまきのどてっ腹に、フレイルの銀球が叩きこまれた。

たまきの身体が後ろに吹き飛ぶ。まったく反応できていなかった。

「たまきっ！」

ぼくは焦《あせ》って叫ぶ。倒れた彼女に駆け寄ろうとして、ミアに服の裾を掴まれた。

「だいじょうぶっぽい」

たまきは地面に転がり、呻《うめ》きながらも、なんとか立ち上がろうとしていた。こちらを振り返る。

「ちょ、ちょっと油断しただけ、平気だわ」

どうやら、本当にたいした怪我ではないらしい。

ああもうっ、油断するから……。ほんっと、危なっかしいなあ！

ぼくはほっとすると同時に、ジェネラルの方をちらりと見る。

黒い肌の大柄なオークは、アイアン・ゴーレムの巨体にもう一撃を加えたあと、周囲を睥睨《へいげい》していた。

たまきに対して追撃《ついげき》を行わなかったのは、状況が不明だったからか。彼女があっという間にやられたせいで、たまきこそがこちらの最強戦力だと認識できなかったのだろうか。だとすれば、なにが幸いするかわからないものだが……。

「アリス、ちょっとの間でいい、ジェネラルを押さえて！」

「は、はいっ」

ぼくはいまさらながら、なけなしのMPを振り絞ってディフレクション・スペルのあとにヘイストをかける。

たまき、アリス、ミア、ぼく、それに使い魔たちが赤い輝きに包まれる。

アリスが、果敢にもジェネラルに突きかかる。

槍《やり》のリーチを生かし、フレイルの攻撃範囲の外から、足もとをちくりとやる。

ジェネラルは間合いをとってそれをかわし、銀球を振りまわす。

アリスがさっと槍《やり》を引き、銀球に槍《やり》が弾かれないようにする。

お互い、ミリ単位の攻防だ。正直、半分くらい目が追いついてない。

アリスが時間を稼いでいるうちはだいじょうぶだ。ミアがぼくの服の裾を手放し、「いっといで」と呟く。

ぼくはたまきに駆け寄り、肩を貸す。

「まだ、やれるか」

「だ、だいじょうぶだわ、これくらい」

たまきは、ぺっ、と血の混じった砂を吐き出す。

レベル17になっている現在のたまきなら、モロに鉄球を喰らっても1発くらいなら耐えられるということか。ぼくの渡したハード・ウェポンつき胸甲のおかげも多少はあるんだろうけど。

というか、ぼくが朝方、召喚《しょうかん》したばかりの胸甲が、おおきくへこんでいる。

リペア・メタルで修理……できるんだろうか。不安だ。内臓破裂とかしてないのか。

木漏《こも》れ日だけでは、たまきの顔色がわからない。声は相変わらず元気だから、問題ないと思うのだけれど……。

「無茶はしないわ。まずは相手の動きを見極めて、よね」

「わかっているなら、ちゃんとやってくれ……。本当に心配したんだぞ」

「つ、次はちゃんとやるわっ！」

たまきは焦《あせ》ってそう叫ぶと、ふたたびジェネラルのもとへ駆け寄り、銀剣の一撃を見舞う。

ジェネラルはその攻撃を紙一重で避ける。しかし、完全ではない。薄皮一枚、銀剣が切り裂《さ》いていた。

ジェネラルの胸もとがわずかに切り裂《さ》かれ、青い血の華が咲く。

ヘイストがあるから、総合力ではたまきの方が有利なはずだ。慣れてさえくれれば、昨夜のように優勢に戦いを進めることができるはず、なのだけれど。

……たまきだからなあ。

いや、彼女を悪くいうつもりはないのだけれど。

……うっかりさんだからなあ。

たまきがジェネラルと切り結んだため、かわりにアリスが数歩、下がる。

「たまきちゃん、いま傷を治しますね。……レンジド・ヒール」

治療魔法のランク4、レンジド・ヒールは、離れた目標に対してヒールをかける魔法だ。射程距離はランク1につき、5メートル。いまのアリスならば25メートル先の目標を回復できる。

一応、離れたパーティメンバーを回復したいだけなら、ぼくのディフレクション・スペルをかけたヒールを放つ、という手もあるが……。

ヒールを飛ばしたいというのは、たいてい緊急時だ。都合よくぼくの手が空いているとも限らないし、そもそもパーティ中で一番MPがキツいのが、ほかならぬこのぼくである。

さまざまな条件を勘案《かんあん》して、レンジド・ヒールの価値は非常に高い。

アリスのヒールを受けた直後から、俄然《がぜん》、たまきの動きにキレが出てくる。痛みがやわらぐだけで、だいぶ戦いやすさが違うのだろう。

いやまあ、たまきの場合、痛みを感じて慎重になっているくらいがちょうどいい気もするんだけど……。

「カズっち、心配性」

「そりゃあ……なあ」

ふたたびそばに来たミアが、ぼくを見上げて苦笑いする。

「わたしが怪我しても、心配、してくれる？」

きみは昨日、腕を吹っ飛ばされたばかりだろう。

「怪我なんてしないでくれ。頼むから」

「なるべく」

これだけ戦いに連れまわしているのだ。皆、いつかは傷つくだろう。死んだりしないだけ、恩の字だと考えるべきなのかもしれないけれど……。

それと、仲間のことを思いやる気持ちとは、別なのだ。

　ぼくは、できれば誰も傷ついて欲しくない。特にアリスと、たまきと、ミアは……。

「奥から、まだなにか来るわ」

　志木《しき》さんの声に、ぼくははっとする。彼女に視線を向ければ、偵察《ていさつ》スキル持ちの少女は耳を澄ましていた。

「ほかより、少し足音が軽いわ」

　雑魚《ざこ》オークでもない、ということか？　エリートやジェネラルは、雑魚《ざこ》オークよりだいぶ体格がいいし……。

　いちおう、大盾持ちのアイアン・ゴーレムをふたたび洞窟《どうくつ》の前に待機させる。

　アリスがアイアン・ゴーレムの傷をヒールで癒《い》やし、そのそばで敵を待ち構える。

　あ、そうだと思いつき、おそらくは最後のＭＰを振り絞ってディフレクション・スペルプラスレジスト・エレメンツ：火。

　ヘルハウンド対策である。これで本当に、ＭＰはからっけつだ。リフレクションすら撃てるかどうか。

「魔法、来るわよ」

　志木《しき》さんが鋭く警告してくる。

　直後、アイアン・ゴーレムを雷撃《らいげき》が打ちすえた。

「な……っ」

　ぼくは絶句し、しかし直後、昨日得た情報を思い出す。

　女子寮《りょう》から女子生徒を連れ去ったオークの指揮官らしき者の話だ。

　紫色のローブをまとった、小柄なオーク。

「メイジ・オークってところか！」

　魔法区分がこっちのスキルと同じなら、風魔法の使い手だ。いまのはおそらく、風魔法ランク3のライトニング。

　となると、一番怖いのは……。

「アリス、スリーピング・ソングに気をつけろ！」

　ぼくがそう叫んだ次の瞬間、アリスの身体がぐらりと揺れる。

　ちいっ、まずい。ぼくは慌《あわ》てて、アリスに駆け寄ろうとする。

　それより先にミアが魔法を使う。

「ストーン・ブレッド」

　アリスの後ろ頭に、ミアの放った石つぶてが勢いよく命中する。

「あいたっ」

　頭を押さえ、涙目で振り向き、ミアを見るアリス。

「うう、ミアちゃん……っ」

　ミアは平然とした態度で「前、注意」と呟き……。

「ん。ストーン・ブラスト」

石弾の雨が、アリスの脇を通り過ぎて洞窟《どうくつ》の奥へ飛んでいく。

なるほど、敵が風魔法の使い手だから、レジスト・ウィンドを使っている可能性が高いと判断したのか。

各属性のランク2には、ぼくの付与《ふよ》魔法、レジスト・エレメンツと同様の効果を持つ魔法が存在するのだ。ただし防げる属性は、自分の魔法属性のみ。

風魔法のランク2にあるレジスト・ウィンドは、風魔法に対する防御だけしか提供できない。同様に、火魔法のランク2、レジスト・ファイアは火魔法しか防げない。

である以上、ライトニングを使う相手には地魔法が有効、とミアは考えたのだろう。

その前の、アリスの後ろ頭にランク1の地魔法をぶつけたのは、ドラクエなどで眠った仲間を起こすために同士打ちするような感覚なのか。

相変わらずのゲーム脳だった。

それゆえ、見ていてとても安心できる。ストーン・ブレッドをぶつけられたアリスには同情するけど。

さて、ミアの放ったストーン・ブラストは、洞窟《どうくつ》のなかに吸い込まれて……。

なにかに衝突した音がする。低い呻《うめ》き声のようなものも聞こえてくる。

どうやらこれは有効打であったようだ。

ここは、一気呵成《いっきかせい》に攻めるべきだろう。ぼくは、ジェネラルとたまきの戦いに視線を移す。ほぼ互角か。いや、だんだんとたまきが銀球攻撃に慣れ、それに伴ってペースを握りつつあるか。

こちらの補助は必要ないと判断する。

「アリス、洞窟《どうくつ》のなかに突撃だ。魔法使いを潰せ」

「はいっ」

「桜さん、フォローを！」

「わかりました」

アリスが槍《やり》を構えて洞窟《どうくつ》のなかに突入する。そのすぐ後ろを、左手に懐中電灯を持った桜が走る。

ナイトサイトをかけてやりたいが、MP切れだ。くそっ、レジストより暗視を優先するべきだったか……。

いや、反省するのはあとでいい。

「こちらも後詰めとしてなかに入るわ。カズくんとミアちゃんはここに残って、たまきちゃんのフォローを」

そういって、志木《しき》さんはふたりの火魔法使いを伴い、なかに入っていく。

火魔法を使う少女たちが、それぞれ火魔法ランク2のゴースト・ランタンを召喚《しょうかん》し、光源としていた。懐中電灯でいい気がするけど、ゴースト・ランタンは持ち主を離れて自由に動かせる光球だから、よしあしか。

ぼくはミアと視線を交わす。

ミアは「たまきちんの援護、する?」と訊ねてくる。

「へたな援護は、足手まといになると思うな」

「じゃ、やめとく」

それがいいと思う。

ぼくはアイアン・ゴーレムと3体の使い魔に周囲を警戒させつつ、たまきとジェネラルの戦いを見守る。

一合ごとにすさまじい火花が散っていた。剣速が見えないほどのたまきの猛攻を、ジェネラルはなんとかしのいでいる。

だがそれも、まもなく限界だろう。

たまきが、すっと前に出る。ジェネラルは迎撃《げいげき》するべくフレイルを振りまわすが……。

ツインテールの少女による気合の入った一撃が、銀球と柄を繋ぐ鎖《くさり》を叩き斬った。

武器を失って、ジェネラルの動きがわずかに止まる。

たまきは裂帛《れっぱく》の気合のもと、ジェネラルに袈裟《けさ》がけの斬撃を見舞う。

ジェネラルは、青い血を撒き散らしながら、後ろによろめく。

たまきは容赦《ようしゃ》なく間合いを詰め、さらに一撃。

胴をバツの字に切られたジェネラルが、地面に倒れ伏す。

その身が霞《かすみ》のように消えていく。

「やった、勝ったわ、カズさん！」

たまきが喜色満面《きしょくまんめん》、ぼくを見る。

ジェネラルの死体が消えた数秒後。

ぼくたちは白い部屋に出る。

ミアのレベルアップだった。タイミング的に、洞窟《どうくつ》のなかでアリスが敵を倒したのだろう。

第71話　この先に待ち構えるもの

白い部屋で、ぼくはアリスに倒した敵の様子を訊ねる。

メイジ・オークと思われる個体のことだ。

「懐中電灯の光で一瞬見ただけなので、色はよくわからなかったですけど、ローブを着たオークだと思います。右手に杖を持っていました」

「事前情報の通りか。その杖は……ゲームとかだとマジックロッド的ななんかだといいなあ」

「風属性の攻撃力アップとか……」

ミアが無表情でぼくを見つめる。その顔が、「欲しい」といっているようにしか見えない。

いやまあ、本当にそんな特殊効果があれば、即座にミアに渡すけどさ。

「使ってきた魔法は」

「ライトニングを1回、わたしが受けました。かなり痛くて、身体が痺《しび》れましたけど、でも支障はありません。そのあと敵が、姿を消して逃げようとして……」

インヴィジビリティか。でも、あれって走ったりできないんだよな。

「適当に槍《やり》を振りまわしたら、頭に当たったみたいで、地面に転がったんです。そのまま首を突いて殺しました」

さすがアリス、生粋《きっすい》の戦闘民族だ。微塵も容赦《ようしゃ》がない。

素晴らしい判断力だ。

「まわりに敵は」

「いませんでした。奥に隠れているかもしれませんし……オークが死んでいたとしても、たぶん宝石になっているでしょうから」

ミアがライトニングを何発か洞窟《どうくつ》にぶち込んでいたけど。結果がわからないのは、ややもやするな。

いまだにジェネラルのレベルもわからないし。

レベル15前後ってところか……もうちょっとあるかな。

レベル15からレベル20の間なのは、ほぼ間違いない。

メイジのレベルは……どうだろう、レベル10前後だとは思うけど。

その割には、風魔法だけ、しかもランク3までしか使ってきてないなあ。

ゲーム的に考えるなら、オークは魔法が苦手、とかそういう設定があって、そのぶんペナルティが入ってる可能性もある。

こいつらがこの先も出てくるようなら、そのうちわかるだろう。そういった事態のためにも、今後のアリスは、槍術《そうじゅつ》レベルを中心に上げてもらうべきか。

で、レベルアップといえば、そうそう、ミアだ。

「スキルポイントは6なわけだけど、ミア、地と風、どっちを上げる」

「悩ましい……」

ミアは腕組みして唸る。彼女にしては珍しく渋面である。

「カズっち。今後の展開の予想、ある？」

「洞窟《どうくつ》の奥になにがあるか、次第だけどなあ。……問題は、どうしてジャイアント・ワスプが今朝《けさ》になって湧《わ》いてきたか、だろ」

「ん、それ。あと、さっきいってた山のふもと付近の石碑《せきひ》とか」

「ワープゲート的ななにかが、他と繋がった？」

ぼくとミアは顔を見合わせる。

「え、え？　ミアとカズさん、なんかわかったの？　わたしなにもわからないわ」

「わかった、ってわけじゃないんだけどさ。新しい敵が今日になって出てきたってことは、なんらかの新戦力がここから生まれたってこととイコールでいいわけだ。で、そのヒントになりそうなものを、きみはぼくと一緒に見ている」

「わたしとカズさんだけって……あ、石碑《せきひ》！　でも、あれって……」

「そう、ぼくたちには読めない字で書かれていた。でもリード・ランゲージで読めた。その内容は、『座標固定、空間捜査、範囲限定』」

ミアが「どう見てもワープです。本当にありがとうございました」と呟く。

「ワープゲートみたいなものがあったとして、カズっち、どうするの。壊す？」

「いや、できればその判断の前に、ゲートの向こう側を偵察《ていさつ》したい。使い魔にリモート・ビューイングをかければ、ある程度安全に向こう側を偵察《ていさつ》できるからね」

「そっか、特攻偵察《ていさつ》ができるのは、便利」

うん、この召喚《しょうかん》プラス付与《ふよ》って、同格の敵との直接戦闘以外では無類の強さなんだよなあ。

問題は、その同格の敵に対してソロじゃどうしようもないって一点だけだ。

はっはっは、パーティの寄生虫、ヒモとして今後もがんばっていきたい所存です。

「志木《しき》さんがいうには、ワープゲートがあったとして、その目的はふたつ考えられるとのことでさ」

「ふたつ？　って、志木《しき》っち？」

「あのひと、ほんといろいろな事態を想定してたんだよ……。昨日の時点で」

ミアが呆れて「パねえっす姉御」と呟く。

姉御って、おい、どこのヤンキーだ。

「ふたつの目的っていうのは、つまり送る側と、送られる側だ。ぼくたちはさっきまで、敵がどこか本拠地的なところからワープゲートで戦力を送りこんできている、という前提で考えていたけど、そうとばかりも限らない。ワープゲートをこちらからひらいて、どこかに戦力を送り込もうとしていた可能性もある、と志木《しき》さんは考えた」

あるいは、とぼくはさらなる説明をする。

オークたちにとっても、この山に現れたことは想定外だったのではないだろうか。

彼らはこの山から逃げるために行動していたとは考えられないだろうか。

たとえば、ワープゲートをひらくために生贄《いけにえ》的なものが必要で、だから女子生徒をさらった、とか。

ただオークはバカだから、ジェネラルたち幹部やメイジのいうことをちっとも聞かなくて……。だから目的を果たしたあとのジェネラルたちは、ひとまず拠点とおぼしき中等部本校舎と高等部本校舎だけを占拠して、それ以上の攻勢には消極的だったとか。

そう考えると、これまでのオークの不可解な行動にも納得のいく説明がつくような気がする。

とにかく、ぼくたちが見ていたオークたちの行動は無軌道だった。

だがそれは、もう幹部たちが末端の掌握《しょうあく》の必要を認めていなかったからで、あとは儀式の時間さえ稼げればよくて……。

では、ジャイアント・ワスプについてはどうなのだとなるけれど。

こっちはまた別の儀式の結果だったり、そもそもこれまで温存していたということも考えられる。

「あるいは、女子は苗床《なえどこ》にされた」

ミアが呟く。

「蟲《むし》の苗床《なえどこ》。エロゲではよくある設定」

「お詳しいですね、ミア先生」

「マイスターと呼ぶがよい」

貧層な胸を張るミア。それが半年前まで小学生だった人間の台詞《せりふ》かよ。

いやまあ、そういった可能性についても多少は考慮してるけど。

どのみち、今朝《けさ》になって蜂《はち》が出てきたというのは、なんらかのサインだろう。

そう、準備が整った、あるいは整いつつある、というヤバいサインだ。

ならばなおさら、ぼくたちは急ぐ必要がある。

彼らオークがどこかへ行ってしまうにしても。

新たな戦力を引き連れて、いましも攻勢に出ようとしているとしても。

彼らのいいようにさせることが、ぼくたちの得になるとは、まったく思えない。

どうであれ、とりあえず邪魔するべきだ。ぼくたちは意地悪く、徹底的にオークのたくらみに喰らいついてやるべきだ。

それが、今朝《けさ》、志木《しき》さんとの簡単な話し合いのすえの結論だった。

そういったことを、皆にざっと話す。

「ん。バトルフィールドは森から離れて、世界を巡る旅へ?」

「戦線拡大はゴメンこうむりたいなあ」

こうして攻勢に出ているとはいえ、現在ぼくたちの基本姿勢は、防衛戦だ。

自衛隊のような専守防衛なんて甘いことはまったく考えていなくて、もっと攻撃的な防衛なわけだけど、とにかく住処である育芸館《いくげいかん》の安全を確保するために戦っている。

それ以上のことは、現有戦力では手に余る。とはいえ、今後の状況次第では、そうもいっていられないかもしれない。

重要なのは、その現状というのを一刻も早く見極めること。そのための情報を収集することだ。……といった説明をする。

予想通り、アリスとたまきはよくわかっていなかった。

ミアだけは納得顔である。

「ロシアかトルコで始めたら、まず互いに黒海を取りにいく的な状況だったら仕方がない？」

「それたぶん、どっかのゲームの話だよね。あの兄にしてこの妹あり、ってそんなにいわれたいのか、きみは」

「兄と一緒にしないで……」

ミアはしょぼんとして下を向いた。

ぼくはそんな彼女の頭をごしごし撫《な》でてやる。

「で、ミア。以上の状況を踏《ふ》まえて、風と地、どっちを取る」

「風……かな」

熟考のすえ、ミアはいった。

「そのところは」

「どんなところへ転戦するかわからないなら、ウィンド・ウォークが欲しいっぽい？」

ウィンド・ウォークは風魔法のランク5だ。フライのように空中を飛行するのではなく、空気の上を、さも地面の上であるかのように歩くことができるという魔法である。

効果時間もフライの20倍で、ランクにつき20分から30分もある。

「それをいったら、地魔法のヴァイヴレーション・センスも便利だぞ」

地魔法ランク5のヴァイヴレーション・センスは、地面や壁の振動を感知する魔法だ。

この洞窟《どうくつ》のようなところを探索するには極めて有用といえる。

「長時間、空を飛ぶだけなら、ぼくがグリフォンを呼び出してもいい」

「ん。それも考えた。あと有用なのが、ポイズン・スモッグ。毒の雲で雑魚《ざこ》オーク程度なら皆殺し」

ポイズン・スモッグは、ミアがいった通りの魔法だ。大軍相手には有用な、たいへんえげつない魔法である。

毒ガスなんてもとの世界じゃ国際条約違反な気もするけど、幸いにしてぼくたちはそんな条約に署名してないし、軍隊ですらないし、そもそもこの世界において国際条約なんてなんの意味もない。

なにより重要なのは、ポイズン・スモッグという魔法をピックアップしたミアがなにを想定しているかという点であろう。

「昨日みたいに100体以上の敵との戦いになると？」

「その想定はしておくべき。少数の精鋭《せいえい》に関しては、たまきちんに任せれば万全。ならわたしは、対集団戦を想定」

ぼくは、たまきを見る。

たまきがえっへんと胸を張る。きみ、さっきの醜態《しゅうたい》を忘れてないだろうね……。

「たぶん、万全」

ミアまでもが、少し語調を弱める。

「え、わたし、がんばるわよ？」

「うん、たまきはがんばっているぞ。うん」

「な、なんか含みがあるいいかた……っ」

ええと、まあ、だって、ねえ。

「きみは短所を気にするより、長所を伸ばしていくべきだ。フォローはぼくがやるから、心配しなくていい」

「え、ええ、うん。カズさんたちがいてくれれば、わたしは平気……って、なんか視線が生温かい気がする？」

「ずっと一緒だ、ってことだよ」

「そ、そっか！」

たまきは照れたように笑った。アリスとミアは苦笑いである。

「ん、話を戻す。残りふたつの風魔法も、かゆいところに手が届く感じ。正直、余裕があるなら地魔法のクリエイト・メタルで遊んだりしたいけど……」

「金属を召喚《しょうかん》しても、直接的な戦闘力は上がらないしなあ」

「そゆこと」

そこまで考えたうえでなら、ぼくにも異議はない。ミアには、風魔法を上昇させてもらうことにする。今後も、風魔法のランクを優先的に上昇させてもらうことになるだろう。

「はやく重力をコントロールしたり光速移動したりしたい……」

「女騎士になるのだけはやめろよ」

なんのことをいってるかはだいたいわかるけど、ミアに接近戦とかマジで似合わないぞ。

ミア：レベル13　地魔法4／風魔法4↓5　スキルポイント6↓1

ぼくたちは、打ち合わせを終え、ミアの風魔法スキルを上げる。

白い部屋から出た。

第72話　洞窟《どうくつ》の秘密

もとの場所に戻ったぼくたちは、宝石を集めるのはあとまわしにして、洞窟《どうくつ》内部で合流する。

採掘した穴ではなく、自然にできた鍾乳洞《しょうにゅうどう》のようだった。

天井の鍾乳石《しょうにゅうせき》から、ポトポトと水滴が垂れてくる。

奥から、鼻が曲がりそうなほどの、すえた臭いが漂ってくる。これは間違いなくホームレス……ではなく、オークたちが長いことここに居座っていた証明だろう。

「火魔法の子たちと桜さんには、外で見張りをしてもらいましょう」

志木《しき》さんが提案する。

うん、それがいいだろう。この先、狭い通路でヘルハウンドとかが出てきたら、ブレス1発で一網打尽《いちもうだじん》にされかねない。

いや、ヘルハウンドなら火魔法を使える子たちの火レジでなんとかなるからまだしも、だ。

メイジが攻撃魔法を使ってきたら、ぼくたちくらいレベルが高くないとマズい。

できれば志木《しき》さんも離れて欲しいところだけど……。

「わたしは、カズくんたちについていくわ。だいたい、あなたたちじゃ偵察《ていさつ》もできないでしょう」

そういわれては、ごもっともです、と頭を下げるしかない。

組織としてトップにいる志木《しき》さんが偵察《ていさつ》に出るというのは、どうにもマズいのだけれど……。

今後は、もうひとりメンバーを増やして、そのメンバーに偵察《ていさつ》役を任せたいところだ。

そのもうひとりのメンバー、ってなると……。

ぼくの脳裏を、ちらりと忍者装束の男がよぎる。

だよなあ、ミアのお兄さんが一番の候補だなあ。

問題なのは、彼、田上宮結城《たがみやゆうき》さんもまた、どちらかというとリーダー候補であるということだ。いまごろ、ひょっとしたら高等部をまとめあげているかもしれない。

本人には、ひとの上に立つ気はないみたいだったけど、事態はそんなわがままをいっていられないところまで来ている。そして彼の場合、能力だけは群を抜いていた。

まあ、そのあたりはいい。

ひとまずいまは、目の前の状況を打開するべく動くとしよう。

「志木《しき》さん、とりあえずこっちのパーティに入って。いざというときにぼくがリフレクションくらいかけられるように。あと、もう少し経験値をもらって欲しい」

「そうね。わたしも死ぬのはごめんだし、お言葉に甘えさせてもらうわ」

志木《しき》さんがぼくたちのパーティに入った。これで5人パーティだ。

火魔法使いの生徒が、志木《しき》さんにレジスト・ファイアをかける。

少し時間が経ったので、ぼくのMPが10くらいは溜まっていた。ディフレクション・スペルのあと、ナイトサイトを全員にかける。

明かり魔法がいらなくなった。かわりに、ぼくのMPはまたカラになった。

「カズっち、この杖、貰っていい？」

暗視能力を得たミアが、メイジの遺留品らしき杖を手に取る。

ぼくの背丈より長い、木製の杖だ。先端に水晶のようなものがはまっている。

ライトを当てると、水晶が青白い光を反射した。魔法の品……なんだろうか。

「いちおう、持っておきたい」

「別にいいけど……」

「邪魔になったら捨てる」

ミアの身長からすると、かなりサイズのおおきな杖だ。

そのうち持て余す気がする。

まあ、持っていて特に問題がないなら、別にいいか。

◆　◆　◆

3人の居残り組と分かれ、ぼくたちは洞窟《どうくつ》の奥へと足を踏《ふ》み入れる。

少しいったところで立ち止まり、志木《しき》さんが先行する。

1分ほどで戻ってきた彼女は、奥がY字路になっていることを告げた。

「右手の奥の方から、女の子の声が聞こえたような気がしたわ」

「……まだ生きている生徒がいるのかな」

「そうとも限らない。罠《わな》、という可能性もある。なにせオークに風魔法の使い手がいたわけだしね」

風魔法のランク4には、クリエイト・サウンドという魔法がある。

任意の音を出す魔法だ。これを使ってひとの声を自由につくり出すこともできる。

さっきメイジ・オークは、ランク3のライトニングを主力攻撃魔法として使っていた。

風魔法のランク4には、まともな攻撃魔法がない。ひょっとすると、メイジ・オークはランク4の風魔法を使える可能性もある。

もしメイジ・オークがもう1体、いるなら、これが罠《わな》である可能性というのも一考の余地がある。

ならばどうするか。

「強襲しよう。志木《しき》さんは背後の警戒をお願い」

結論は簡単だ。罠《わな》に飛びこんで食い破るのである。

この作戦を取る場合、むしろ志木《しき》さんのレベルの低さが一番の弱点になりうる。

だから彼女には、ひとまずY字路のところで周囲を警戒してもらおう。

あそこで隠密《おんみつ》していれば安全だと思う。

突っ込むぼくらだって、無謀《むぼう》な真似はしない。

「アイアン・ゴーレムにサイレント・フィールドをかけて先行させよう」

罠《わな》や待ち伏せがあれば、ぼくの使い魔が避雷針《ひらいしん》としての役割を受け持とう。

単純な作戦だが、現状、これがもっとも有効だと思う。

さて、作戦開始。

ミアのサイレント・フィールドがかかったアイアン・ゴーレムが先頭を歩き、その10歩ほど後方をぼくたちがついていく。

サイレント・フィールドの効果範囲は洞窟《どうくつ》の天井まで及んでいるから、ぼくたちの足音も向こう側には聞こえないはずだ。

かわりにぼくたちも奥の状況がわからないけれど、そのあたりはアイアン・ゴーレムの様子から判断しよう。

アイアン・ゴーレムは、右の曲がりくねった道をしばらく歩いたあと、唐突に立ち止まった。広場に出たのだろう。

その身が、ぐらりと揺らぐ。

そのときになって、気づく。

洞窟《どうくつ》の地面に穴が空いていた。アイアン・ゴーレムは、その太い片足を落とし穴に突っ込ませてしまったのである。

って、お、落とし穴⁉

ぼくはしばし、茫然《ぼうぜん》として立ち尽くす。

アイアン・ゴーレムのもとに無数の矢が飛来する。頑丈な鋼鉄《こうてつ》の身体が大半を弾くが、何本かは関節に突き刺さったようで、もう片方の足もふんばりがきかなくなる。

アイアン・ゴーレムは、そのまま穴に落ちていく。

おかげで、奥が見えるようになる。

アーチャーの姿が、複数。矢の数からして最低でも10体はいる。

まずいな。ぼくは、はっと我に返る。

とっさに、ウィンド・エレメンタル3体に突撃の命令を出す。

「アリス、たまき。エレの後ろから突撃。ミア、竜巻！」

「ん。ワールウィンド」

ミアの放った風魔法ランク4、ワールウィンドによって、落とし穴の向こう側、広場の奥の方におおきな竜巻が生まれる。

アーチャーたちの矢を邪魔するためだ。

ウィンド・エレメンタルたちが、その直後、広場に突入する。

案の定、ウィンド・エレメンタルに矢が放たれる。

20本近くが前方と左右から。

だがそのうち、前方の10本近くは、竜巻によって行く手を阻《はば》まれ、見当違いの方向へ飛んでいく。

ぼくは、ならばとウィンド・エレメンタルを左右に散らす。

左に2体、右に1体。

「アリス、たまき、ふたりは奥だ！」

「はい！」

「わかったわ！」

その直後、広間に入ったアリスとたまきは、落とし穴を迂回《うかい》して、奥のアーチャーめがけて走る。

だが……。

「わっ、わわっ、熱っ、熱いわ、ナニコレ！」

たまきが、慌《あわ》てた様子で手にした銀剣を取り落とす。

アリスがそれを見て、広間を見渡し……。

「右手奥、あそこに、ローブのオークが！」

「そうか、ヒート・メタル！」

いまさらのように、ぼくはたまきになにが起きたか理解する。

昨日、ミアが敵のエリートにさんざんやった作戦だ。武器の金属の柄を灼熱《しゃくねつ》にして、武器を取り落とさせる。

今回は、地魔法を使うメイジ・オークがいるというのが違いだ。

地魔法ランク2、ヒート・メタル。

たまきがこれを喰らうのは、エリートのときよりもっとまずい。

武器のないたまきは、スキルがほとんどない一般生徒も同然だ。

「ミア、視界を塞《ふさ》げ！」

「ん。ダーク・スフィア」

広間の入り口まで駆け寄ったミアが、手にした杖を振る。右手前方、たまきやアリスの姿をメイジから隠すように、漆黒《しっこく》の空間をつくりだす。

風魔法ランク4のダーク・スフィアは、ランク1のスモッグ、煙をつくり出し視界を遮《さえぎ》る魔法によく似ている。

ダーク・スフィアがスモッグと違うのは、つくり出されるものが煙ではなく、漆黒《しっこく》に染まった方形の空間そのものであること。

一辺のおおきさは調整可能だが、最大で一辺5メートルの立方体を包み込むことができる。

内部はナイトサイトですら視界がきかない真の闇《やみ》だ。この空間は、煙のように風で吹き飛ばされないかわり、なにもしなくとも10分ほどで消える。

ミアはたて続けにこの魔法を使い、右手のメイジを封じ込めようとしている。

その間にぼくは、ミアのところまで駆け寄る。

「で、その杖で魔法を出して、どうだ」

「杖の先から魔法を指示できるっぽい？　指さし確認が便利？」

その程度か。いや、狙《ねら》いを定めやすいってのは、それだけ便利か？

まあ、いい。ぼくは広間の様子を見渡す。

差し渡し30メートルはあるだろう、広い空間だった。天井を支えるように何本か石柱が立っている。深部はよく見渡せないが、ぼくたちが入ってきたところ以外に通路はなさそうだ。分岐のこちら側は、ここで行き止まりなのだろう。

右手奥の空間は、数個設置されたダーク・スフィアによって完全に漆黒《しっこく》に染まっている。前方では竜巻が荒れ狂って砂を巻き上げている。

その向こう側、8体ほどいるアーチャーに突撃する、たまきとアリス。

たまきは腰に差していたダガーを抜いている。

左側では、2体のウィンド・エレメンタルが5体のアーチャーを相手に接近戦を演じている。

右手では、1体のウィンド・エレメンタル対4体のアーチャーだ。

そして、戦いから外れた左手奥では……。

アリスとたまきは、戦いに夢中で気づかなかったのだろう。

だとしたら、幸いなことだ。

そこでは、なにか不気味な肉塊が蠢《うごめ》いていた。高さ2、3メートル、横幅は5メートルほどもある巨大な肉の塊が、まるで人間の臓器のように脈動している。

「……なんだ、あれ」

背筋に悪寒《おかん》が走る。思わず、身を硬直させる。

ミアも同様なのか、手を止めて、その肉塊を見つめ……。

「あ、あれ」

ミアが手を伸ばす。

彼女が指差した先、肉塊の中腹あたりで、ぼくはそれを見つける。

人間の、顔だ。

うつろな瞳《ひとみ》をした少女の顔が、肉塊から生えていた。

少女の顔が、時折、苦悶《くもん》に歪《ゆが》む。ちいさく悲鳴をあげる。

ああ、なるほど。ぼくは納得する。この声を、志木《しき》さんはさっき聞いたのか。

生贄《いけにえ》。

そんな言葉が思い浮かぶ。

それが、この洞窟《どうくつ》までさらわれてきた女子生徒の末路だった。

第73話　生贄《いけにえ》の少女たち

中等部と高等部をあわせて、最低でも100人から300人の女子生徒の行方がいまだ分からない。中等部女子寮《りょう》の生き残りによれば、メイジ・オークらしき存在がオークを指揮して女子生徒を連れ去ったという。

どこに？

おそらくは、この洞窟《どうくつ》のなかに。

なんのために？

目の前にある光景こそが、その答えだ。

人間の内臓を思わせる全長5メートルほどの不気味な肉塊が、部屋の隅で絶えず蠢《うごめ》いている。肉のあちこちから触手《しょくしゅ》のようなものが生え出て、天井に向かって手を伸ばすようにゆらめいている。

陽光のもとなら、たぶんそれは、艶《なま》めかしいピンク色をしているのだろう。

ナイトサイトだと夕暮れくらいの明るさになるから、それはいま、血のように染まって、余計におぞましく見えた。

その肉塊に、行方不明だった女子生徒たちが囚《とら》われている。

いや、喰われている、といった方が正しいだろうか。

身体の大部分は肉の塊に埋まり、顔だけを突きだし、悲痛に喘《あえ》いでいる者。

腕や脚だけが出て、ぴくぴく痙攣《けいれん》している者。

白い乳房だけが露出している者。

こちらから見えるだけでも、5名か6名。

そんな生贄《いけにえ》の生徒たちの姿を前に、ぼくとミアの身体が、一瞬、硬直する。

ミアがごくりと生唾を飲み込み……。

「しょ、触手《しょくしゅ》プレイ」

ぶれねぇなこいつ。

ぼくの緊張が一瞬で解けた。

「そのショゴスっぽいのは後まわしだ！　たまき、アリス、左手奥に近づくな！　ミア、右のアーチャーに魔法で攻撃！」

「ん、任せて。ライトニング」

ミアの放った電撃が、いましも弓に矢をつがえようとしていた右手のアーチャーの身体を貫《つらぬ》く。アーチャーは全身をけいれんさせ、よろめくようにあとずさりする。

たまきは予備のダガーを手に、正面のアーチャーに肉薄する。

アリスはそれより少し先に、そのそばのアーチャーへ刺突《しとつ》を放っている。

ふたりとも、ちらりと左奥を見たあと、すぐ顔をそむけていた。

メイジさえ封殺《ふうさつ》してしまえば、敵の数こそ多いものの、個々はさしたる強敵ではない。

こちらも落とし穴でアイアン・ゴーレムが無力化されているが、こいつはあとでフライでもかければ復帰できる。

いまは、そのフライをかける時間が惜しいのだけれど……。

正面のアーチャー10体は、アリスとたまきに肉薄され、弓を地面に落として剣を抜いている。

とはいえ、剣の腕でふたりに敵うはずもない。たまきも、得物がダガーになったとはいえ、それでもアリスより鋭いひと太刀を放っている。

アーチャーたちが、次々と討ちとられていく。3体目のアーチャーが倒れたところで、たまきがレベルアップ。

◆
◆
◆

白い部屋にて。

ぼくたち5人が、顔を見合わせる。

そう、5人。今回は、志木《しき》さんがいるのだ。

志木《しき》さんが、ひどく青ざめているのだろうぼくの顔を見て、どうしたのだといいたげに首をかしげる。

ぼくたちは、口々に、いま目の前で起きている状況を説明する。

「そう……そんなにおぞましいものが……」

志木《しき》さんは胸もとで腕を組んで考え込む。

しばしののち、顔を上げ、ぼくを見る。

「で、そいつの名前はショゴスに決まりなわけ？」

そこからかよ。

いや、名前は重要だけど。

皆が苦笑いする。同時に肩の力が抜けていく。

ちらりと志木《しき》さんを見れば、にやりとしていた。

ああ、わざとか。

「ほかに適当な名前があれば」

「グロブスターとか、どうかしらね。グロテスク・ブロブ・モンスター。UMAの一種だったと思うけど、肉塊そのものみたいな生き物のことよ」

おお、頼りになる。

ってゲームのモンスターじゃなくてUMA？

いや、クトゥルー神話から持ってきたぼくがいえた話じゃないけど。

「グロブスター……あれ、クジラの死骸《しがい》という説が濃厚」

「ミアちゃん、よく知っているわね」

「UMAはオタクのたしなみ」

いえい、と親指を立てるミア。

いやまあ、どんなたしなみがあってもいいけどさあ。

ミアのおかげで、また少し空気が明るくなった。さっきも、彼女がボケたおかげで、ぼくは我に返れたしなあ。

天然じゃなくて、計算でやっているんだろう。得難い人材だと思う。

「ちなみにグロブスターはUMAじゃなくて、実際に浜に打ち上げられた正体不明の肉塊で……」

「そのあたりは、今度ゆっくり聞くわ」

嬉しそうに語り始めるミアを、志木《しき》さんが遠慮なく遮《さえぎ》る。

やっぱり素でやっているのかもしれない。

「それじゃ、そのグロブスターの話だけど……カズくん、あなたはどう思っているのかしら」

「どうって……女の子たちがどうなっているか、って話じゃないよな」

「彼女たちには気の毒だけど、本質的な問題じゃないわ。最悪の場合、殺してあげた方が幸せかもしれないけど」

アリスとたまきが、ひっ、と押し殺した声をあげる。

非情なことをきっぱりと宣言する志木《しき》さんは、きっと彼女たちに自身の言葉を印象づけようとしているのだろう。

理由は簡単だ。ぼくは、賀谷和久《かやかずひさ》は、慈愛に満ちた象徴、皆を輝き照らすリーダーでなければならないからである。

対して志木《しき》さんは、厳しく皆を統制し、ときには横暴に振る舞う鉄の女を演じる。

いやあ、慈愛とか輝くとか自分でいっててなんだけど、寒気がするなあ。

とはいえこれは、必要なことだ。うん、頭では理解しているんだ。

アメとムチ。組織の両輪だ。

志木《しき》さんには割に合わない役割を任せることになるが、これもお互い、納得ずくの差配である。

なんだかアリスとたまきを騙《だま》しているようで、ちょっと心が痛いけれど……。

でも、ふたりに割り切ってもらうことは大切だ。

助けられる命なら助けたいけれど、たとえば気が狂った子の命を救ったとして、キュア・マインドでもそれを治せなかったとしたら……そのときは。

四肢を欠損した者も、そうだ。

キュア・ディフィジットで修復するには、欠損した部位が必要である。

平時ならともかく、いまの育芸館《いくげいかん》に、そういった人々を支える余裕はない。

いずれ非情な決断を下すことになるだろう、という予想はついていた。

そのときは自分が命令を下す、と志木《しき》さんは胸を張っている。

それはいつだって、自分の権利であり、義務なのだと。

ぼくはきっと、彼女の勇気に甘えることになるだろう。

そしてそれは、ひょっとしたら、この戦いの直後かもしれない。

「で、問題はグロブスターが女の子を喰って、なにをしているか、って話だよね」

「ええ。カズくん、あなたはそこ、どう思っている？」

「正直、そういうのはミアの方が詳しい気がするんだけど……」

全員の視線が集中したミアは、わざとらしく咳をして、とろんとした目で周囲を見渡す。

「どんなエッチな話がいい？」

「これ以上、空気をなごませなくていいから」

じゃあ、とミアは口もとに手を当て、しばし考え込む。

「ゲーム的に、生贄《いけにえ》に捧《ささ》げて出てくるものって、マナとか悪い神さまとか……モンスター」

「モンスター、か。……蜂《はち》か？」

「モンスターの種を仕込まれた女性……望まぬ出産……そして永遠の凌辱《りょうじょく》……ごくり」

つくづく、ブレないやつだなあ。

さっきも少し話をしたけど、今朝《けさ》になって蜂《はち》が大量に出てきたのには、なにかありそうである。

とはいえ……どうなんだろう。

いまの戦いの場には、ジャイアント・ワスプがいなかった。

ここが産卵場だとしたら、その痕跡《こんせき》がまったくないのは、どうなのか。

たまたまということもあるかもしれないけど、でも、うーん。

「グロブスターがワープゲート的なものにマナを送り込んでいる的なパターンが、一番ありそうな感じかしら」

「やっぱり、そのへんかな」

ぼくは志木《しき》さんと顔を見合わせる。

こんなグロテスクな展開はともかくとして、なんらかのかたちでそういった儀式を行っているのではないか、というのはぼくと志木《しき》さんが仮定した展開のひとつだった。

昨日の夜、ぼくが見つけた石碑《せきひ》の一件もある。

そもそもどうしてこの洞窟《どうくつ》からオークが湧《わ》きだしてきたのか、という話にもつながってくる。

「悪い神さまが召喚《しょうかん》されるってのは、考えたくないな」

「邪神が出てきて、勝てるかしら」

「槍術《そうじゅつ》や剣術のランクが9になれば……どうなんだろうなあ」

とりあえず、ほぼ剣術一本伸ばしであるたまきでも、剣術をランク9にするにはあと5レベルも必要だ。

今日、これからワラワラとジャイアント・ワスプやアーチャーがわき出てくるなら、それも可能かもしれないけれど、そんな展開は想定したくない。

「とにかく、そういったいくつかの想定をもとに行動しましょう。わたしもすぐそっちにいくわ」

「志木《しき》さんは、戦闘が終わるまでは顔を出さなくていいから」

「なら……そうさせてもらうわ。楽して経験値だけもらっていくつもりだから、安心して」

そうしてくれると、本当に助かる。

志木《しき》さんというリーダーがいなくなったら、ぼくたち育芸館《いくげいかん》組は、たちまち瓦解《がかい》するだろう。ぼくひとりでは、30人もの女子生徒をまとめきれる気がしない。

ここで少しでも志木《しき》さんをパワーレベリングできるなら、それは組織全体にとって幸いなのだ。

ぼくたちはさらにいくつか打ち合わせをしたあと、もとの場所に戻る。

たまき：レベル18　剣術7／肉体1　スキルポイント7

◆◆◆

戦場に帰還して、すぐ。

右手で孤軍奮闘《こぐんふんとう》していたウィンド・エレメンタルが、距離を取ったアーチャー4体からの集中砲火を受けて、地面に倒れ、姿を消す。

だがウィンド・エレメンタルもアーチャー1体を道連れにしている。

これでアリスがレベルアップ。スキルポイントは槍術《そうじゅつ》につぎ込んでもらう。

アリスの槍術《そうじゅつ》が6になった。

アリス：レベル18　槍術《そうじゅつ》5→6／治療魔法5　スキルポイント6→0

簡単な打ち合わせだけすませ、白い部屋から出る。

その直後、ミアのライトニングが別の1体を葬り去る。これで右手は残り2体だ。

邪魔者がいなくなったアーチャーたちは、ぼくとミアを狙《ねら》って矢を放とうとするが……。

「ワールウィンド」

ミアが射線上に激しい竜巻をつくりだし、これを邪魔する。

正面ではアリスとたまきが、剣を手にしたアーチャーと乱戦を繰り広げている。ふたりとも、アーチャーを圧倒し、次々と倒していく。

そのとき、右手奥の暗闇からメイジが姿を現す。メイジの杖が、アリスを指し示した。いや、正確には、アリスの持つ鉄槍だ。

まずい、あれが来る。

「アリス！」

「だいじょうぶ……ですっ！」

アリスは、両手でぐっと槍《やり》を強く握った。唇をきつく噛《か》んでいる。

ヒート・メタルによって赤熱化した槍《やり》を、根性だけで握りなおしたのだ。

「ディスペル」

アリスはさらに、自らの槍《やり》の柄に魔法を使う。

治療魔法ランク3のディスペルは、任意の魔法効果を打ち消す魔法だ。

今回の場合、ヒート・メタルの赤熱効果をキャンセルしたのだろう。

それによって焼けたアリスの手は、そのままだ。

それでも、メイジは動揺するようにあとずさった。自分の魔法がレジストされ、さらにディスペルされたことに驚いた様子である。

これは志木《しき》さんの考えた作戦だった。

ヒート・メタルをディスペルすることに、あまりおおきな意味はない。しかし魔法がキャンセルされれば、相手は同じ手を使い辛くなる。

相手を心理的に誘導《ゆうどう》するのだ、と志木《しき》さんはいう。ミアもそうだとうなずいている。

このクソゲーマーどもめと、白い部屋でぼくは口汚く罵《ののし》った。
「褒《ほ》め言葉ね」
「ん。褒《ほ》め言葉」
ふたりとも、誇《ほこ》らしげに胸を張った。なんだか納得がいかない。
それはさておき。
志木《しき》さんの予想通り、メイジ・オークは別の魔法に切り替える。
石つぶてを飛ばすランク1魔法、ストーン・ブレッドだ。
だがランク1程度なら、たいしたダメージにはならない。
むしろその隙に、アリスが背負っているジャベリンを抜いて、メイジめがけ投擲《とうてき》する。
投げ槍《やり》は見事にメイジの胸を貫《つらぬ》く。
メイジは口から激しく吐血《とけつ》し、その場に倒れ伏す。
ここでぼくたちは、またも白い部屋へ。
今度は志木《しき》さんがレベルアップしたようだ。

◆　◆　◆

「ちょうどスキルポイントが4になったから、偵察《ていさつ》をあげるわね」

志木《しき》さんは生存性能優先だ。

当然、それでいいとぼくたちはうなずく。

「戻ったあとの作戦だけど、アリス、そのままこっちの援護に来てくれ。右手のアーチャーを」

「はい、わかりました」

正面は、すでにふたりの前衛で半分以上、掃除してしまっていた。

残りの4体は、たまきひとりでだいじょうぶだろう。

右手のアーチャー2体は、竜巻をまわりこんで射撃位置につこうとしている。このアーチャーたちに対する対策として、ぼくはアリスを動かすことにする。

左手では、5体のアーチャーと2体のウィンド・エレメンタルが膠着《こうちゃく》状態だ。こちらは、これでいい。

「じゃあ、白い部屋を出るわね」

志木《しき》さんがPCを操作する。

縁子《ゆかりこ》：レベル8　偵察《ていさつ》4／投擲《とうてき》3　スキルポイント4↓0
戦闘は終局へと向かう。

第74話　グロブスターのちから

洞窟《どうくつ》最深部の広間に展開する敵のアーチャーは、残り11体。いまのぼくたちなら、なんてことのない相手だ。

だが問題は、左奥のグロブスターである。ずっと不気味に脈動するだけだが、本当に最後まで、手を出してこないのか。

ぼくは、グロブスターの挙動を神経質に窺《うかが》う。

「ミア、少し前進するぞ」

「ん、おけ」

落とし穴を迂回《うかい》し、ぼくたちは広間の中央へ、小走りに駆ける。

右手のアーチャー2体がさかんに矢を射かけてくるものの、ミアがワールウィンドで壁をつくり、邪魔をする。

そうこうするうち、アリスが右手の敵との距離を詰めた。アーチャーたちは後退しながらアリスに矢を射かける。

と、そのときになってぼくは、左手のウィンド・エレメンタル2体と戦っていたアーチャー5体が移動していることに気づく。

こいつらは、じりじりと広間の奥側、グロブスターの方に動いていた。

「ミア、左手にライトニング集中」

「ん。奥にいかせない？」

よくわかっていらっしゃる。

ミアが、左手のアーチャーを牽制《けんせい》するように何本かライトニングを放つ。広間の中央まで移動したおかげで、効果的に左手の動きを邪魔できていた。

だがどうやら、それは敵にとって、決断を促す結果となってしまったようだ。

左手のアーチャー５体すべてが、突然、一気に奥へと走り出す。前方でたまきが相手にしていた４体も、同時にグロブスターのもとへ。

「あ、こら、ちょっと、逃げるなーっ」

たまきが慌《あわ》てて追いかける。

アーチャーの背中からダガーで切りつけ、１体を倒す。仕方がないとはいえ、普段の武器ではないから、いささかリーチが足りないようだ。アーチャーが弓を捨てている以上、戦力的には圧倒的に格下のはずなのに、いささか手間取っている。

アーチャーの１体が、たまきの行く手を邪魔するように立ちふさがる。

「ええいっ、邪魔」

たまきはダガーを一閃《いっせん》。アーチャーの首を一息で両断する。

その青い返り血を浴びる前に、相手の身体をポールに見立てて半回転、残る2体をさらに追う。

だがこの一瞬で、残り2体とは、かなりの距離を引き離されてしまった。

左手のアーチャーも、1体はミアのライトニングで潰し、もう1体をウィンド・エレメンタルが倒してみせる。

それでも、残りがグロブスターのもとへ駆け寄る。

左手から2体、たまきから逃げるのが2体。生き残っているアーチャーは、残り4体だけだ。

そのときだった。グロブスターの全身が、ぶるりとおおきく震える。

直後、青白く輝き始めた。その肉塊を中心として、鍾乳洞《しょうにゅうどう》の地面、半径10メートルほどに白い輪のようなものが浮かびあがる。

「やば。カズっち、あれ魔法陣っぽい！」

ミアが慌《あわ》てる。

「ああ、わかってる！　たまき！」

ぼくはそのときすでに、たまきのもとへ駆け出していた。

走りながら、叫ぶ。

「たまき、追撃《ついげき》は中止だ！」

「え、なに、ああもう、このおっ」

たまきはぼくの命令を聞いていなかった。夢中になってアーチャーに肉薄し、さらに1体を撃破する。

だがそこで、たまきの足が白い輪を踏《ふ》んでしまう。

「ダメだ！」

「へ？」

たまきが、足もとに視線を移す。そのときになって、ようやく彼女は、なにかおかしなことが起きていると気づいたようだった。

だがそれだけである。

ぼくは気づく。地面に描かれた輪の意味は、ぼくとミアには明白だったけれど、たまきにとってはそうではないのだと。

だからたまきは、きょとんとしていた。

ぼくは、そんな彼女のもとに駆け寄り、その手を握る。

「たまき！」

「え、カズさん？」

もう、時間がない。ぼくはたまきの身体をぐいと引っ張った。

「わっ、わあっ」

たまきがバランスを崩し、白い輪の外に投げ出される。かわりにぼくが、反動で輪のなかに飛び込むかたちになる。
輪のなかの白光が、いっそう強く輝き始める。
ああ……こりゃ、もう、無理か。
ぼくは諦観《ていかん》して、入り口付近を見る。そこに姿を現した志木《しき》さんに叫ぶ。
「2時間後！」
白い輝きに包まれ、地面に倒れ込みながら、ぼくは叫ぶ。
「2時間後だ！」
志木《しき》さんは、最初、驚いた様子でぼくの方を見て……。
それからすぐ、はっ、とする。ちから強く、うなずいてくれる。
よし、彼女は理解してくれた。
なら、きっとだいじょうぶだ。
ぼくは強がって、白い輪の外ですっ転ぶたまきに、にやりとしてみせる。
直後。
ひときわ強くなった輝きによって、視界が白に染まる。
眩暈《めまい》がやってくる。
ぼくのまわりで、なにか巨大な渦のようなものが荒れ狂う感覚。
吐き気がする。

口もとを手で押さえる。
激しい嘔吐《おうと》感を覚えた。
次の瞬間、意識が吹っ飛ぶ。

◆　◆　◆

歌声が聞こえてくる。張りのある女性の声だ。
言語はわからなかった。
少なくとも、日本語ではない。
恋歌のようにやさしくて、せつないメロディだった。
なんだか涙が出そうになる。
ぼくはその声に導かれるように、口をひらき……。
なにかを、叫ぶ——。

◆　◆　◆

身体がぐにゃりとして、ちからが入らない。
呻《うめ》き声が聞こえる。きっとアーチャーの声だ。
敵がすぐ近くにいる。

立ち上がらないと。顔を上げて、無理矢理に目を見開き……。


まぶしい。

それが最初に感じたことだった。

すぐ目を閉じ、反射的にその場に転がる。

幸いにして、敵は襲ってこなかった。

だが間違いなく、近くにいるはずだ。

くそっ、どこだ。

アーチャーは、あと3体、生き残っていた。

そうだ、一緒に使い魔のウィンド・エレメンタルも飛ばされたはずだ。ぼくはウィンド・エレメンタル2体に、ぼくを守るよう指示する。

強い風がぼくの周囲で渦を巻く感覚。

ほっとして、ぼくは半身を起こし、ゆっくりと目をひらく。

見上げれば、蒼穹《そうきゆう》が広がっていた。

青々とした空と、緑豊かな草原。ぼくたちは、野外に投げ出されたのだ。

「あ……っ」

ぼくは驚愕《きようがく》し、すぐそばのウィンド・エレメンタルを見る。

2体の使い魔は、ぼくを見て、さあご命令をとばかりにうなずく。

いや、そんなことをいわれても……。

ぼくはよろめきながら立ち上がる。改めて正面と左右を見る。

ぼくたちがいるのは、丘の上だった。

3体のアーチャー・オークが、急な坂道を駆け下りて、逃げていくところだった。

ほかに、近くに敵の姿はない。なら……このアーチャーたちは殺しておくべきだろう。

ぼくの命令に従い、2体のウィンド・エレメンタルがアーチャー・オークに追いすがる。かなり距離がひらいていたが、空を飛べるウィンド・エレメンタルの方が圧倒的に速度がはやい。

そして、一度追いついてしまえば、アーチャー・オークに勝ち目はなかった。

アーチャーを2体、倒したところでレベルアップする。

◆◆◆

ぼくは白い部屋のなかに立っている。

さっきまでは4人も仲間がいたのに、ひとりきりになってしまった。

おおきくため息をつく。

まあ、わかっていたことだ。たまきの身代わりになった時点で、理解していたことだ。

ワープした。

ぼくはグロブスターのワープに巻き込まれて、このどこともわからぬ野原へぶっ飛ばされた。あの醜悪《しゅうあく》な肉塊は、ワープ装置のようなものだったのだ。

正直、たまきを追い出さず、ふたり一緒にワープしてしまった方がよかったんじゃないだろうかと思わないでもない。そうすればいまも、ひとりさびしい思いをせずに済んだのに。

とはいえ、まあ、とっさに身体が動いてしまったのである。

「仕方がない、よな……」

ぽつりと呟く。その声が白い部屋の壁に吸い込まれる。

……あ、泣きそう。

慌《あわ》てて首を振り、弱気の虫を追い出す。

2時間。そう、志木《しき》さんと約束したじゃないか。

志木《しき》さんはあの言葉の意味を正確に理解したことだろう。

2時間後。ぼくは、召喚《しょうかん》魔法のランク6、サモン・サークルを使う。

サモン・サークルの基点は、育芸館《いくげいかん》に描いてある。そこに置いた物、立った者は、この魔法を使用した瞬間、自動的にぼくのもとへ転移する。

志木《しき》さんは、きちんとぼくが願う通りのことをしてくれるだろうか。

あるいは、そう。ぼくを見捨てたりしないだろうか。

見捨てられる。

そう思ったとたん、胸に強い痛みを感じる。

動悸《どうき》が激しくなる。

ああ、もう。とっくに克服したと思っていたのに……。ぼくは唇をきつく噛《か》んで、激しく首を振り、弱気の虫を追い出す。

大声で、叫ぶ。

パニックに陥りそうな自分を、無理矢理、正気に戻す。

だいじょうぶだ。志木《しき》さんは、ぼくを裏切らない。

だいたい、いまぼくを見捨てるなんて選択は、アリスもたまきも許さないだろう。

たぶん、だけど、ミアもアリスたちに同調してくれるだろう。この最高戦力3人を、志木《しき》さんが完全に丸め込むことなど……。

……できそうな気がする。

だって志木《しき》さんだし。

いや、だいじょうぶ……なはずだ。ぼくは何度も、念じるように、そう繰り返す。

「はは……なんだ、ぼくはちっとも進歩してない。結局、ぼくは……」

「ん。泣きたいなら、泣いてもいいんだよ？」

背後で、ミアの声がした。

え？　ぼくは慌《あわ》てて振り返る。

「いえーい」

小柄な少女が、ぼくの真後ろに立っていた。

得意げに、ピースサインを出している。

「な、なんで、ミアが？」

「ついてきた……って……」

そういえば、転移する前に振り返ったあのとき、さっきまでそこにいたはずのミアの姿が見えなかった。

あのときはバタバタしていて気づかなかったけど……。

まさか、あのとき、ぼくのすぐ後ろまで駆けてきていたのか。

そういやこいつ、意外と脚が速いんだよなあ。

「カズっちひとりじゃ、心配だったから」

「えっと……その、ありがとう」

「おかげで、弱気なカズっちが見られた」

あ。

ぼくはさきほどの醜態《しゅうたい》を思い出す。

きっと、いまのぼくの顔は、真っ赤になっているだろう。

ミアが、ニタリと笑う。

「気にしない。誰しも黒歴史はある」

ぼくは頭をかきむしり、天井に向かって大声で奇声をあげた。

羞恥《しゅうち》に悶《もだ》え、白い部屋の床を、ごろごろと転がる。

◆ ◆ ◆

ぼくの混乱が収まったのち。

改めて、ミアと現状の確認を行う。

「どのみち……このワープポイントの先を調べる必要があったんだ」

オークたちがなにを計画していたのか、そしてこれからなにが起こるのか。

ぼくたちは、早急にそれを知る必要があった。

本当は、リモート・ビューイングをかけたカラスを突入させる程度のつもりだったのである。

ちょっとばかり予定が狂ってしまった。でもオークたちの方針に食らいつき、なるべく邪魔することこそが、ぼくたちの利益と一致するだろう。そういう意味では、一点を除いて悪くない選択肢であるといえる。

その悪い一点とは、つまり帰還の手段が現状、見当もつかないという致命的な部分なのだが……。

「ん。志木《しき》っちは、2時間後にアリスちんとたまきちんを送ってくれると思う」

ミアはそう断言する。

「そのこころは」

「拙速《せっそく》は巧遅《こうち》に勝る」

やっぱり、そうだよなあ。ぼくとミアはうなずき合う。

なぜなら、とぼくは目をつぶる。周囲を見渡したときの、あの景色を脳裏に描き出す。

ぼくたちが出現した草原は、丘陵《きゅうりょう》だった。

その丘から見下ろせる場所に、町があった。ちらりと見ただけだけど、ファンタジー世界によくある城塞《じょうさい》都市に見えた。

ひとがいる、場所。この世界の原住民。

それと接触できるなら、多少のリスクは許容するべきだろう。

そのうえで、どれほどの情報を得られるか。

これからの数時間で、ぼくの行動次第で、それが決まることになる。

ぼくは何度も深呼吸し、気を落ち着ける。

「カズっち、だいじょうぶ。問題ないよ」

「なにがだ」

「ちゃんと、身体で慰《なぐさ》めてあげるから」

「そういうのは間に合ってますんで」

さて、スキルポイントは現在6だが、これは貯金する。ミアとふたりきりで行動するなら、次に上げるのは召喚《しょうかん》魔法だ。

「それじゃ、いこうか」

「ん」

ぼくはリターンキーを押す。

もとの場所に戻る。

和久《かずひさ》：レベル21　付与《ふよ》魔法5／召喚《しょうかん》魔法6　スキルポイント6

◆　◆　◆

白い部屋を出て、アーチャーを追うウィンド・エレメンタルたちの戦いを見守る。

残り1体のアーチャーも、特に問題なく始末できた。

ぼくとミアは丘から降りていって、アーチャーが落とした赤い宝石をすべて回収する。

ああ、しまったなあ。少し宝石を預かっておけばよかった。

いまぼくが持っている宝石は、青が7個、赤が20個くらいだ。ミアに聞くと、彼女は青を3個、赤が30個程度持っているという。

顔を上げ、もう一度、彼方の町を見る。

そこでふと、気づく。

「なあ、ミア。あの町……」

「ん？　ちょっと待って、いま眼鏡出す」

「近視なのか」

「普通にしてる分には平気、だけど」

ミアはリュックサックから取り出したやぼったい黒縁の眼鏡をかけて「んー」と町の方角を注視する。

数秒で「あ」という声をあげる。

「黒い煙……炊事じゃ、ないね」

「うん、あと、左奥の方」

「眼鏡かけててもよく見えないけど……」

瞬時に理解する。町ではいま、戦いが行われているのだと。

「モンスター？」

「だと、思う。見たことがないタイプだけど……」

町の付近にいるそれは、日に焼けた赤い肌のモンスターだった。剥げ頭で、なにかおおきな石を手にして……都市の壁に投げつけている。それだけならオークと大差ない気もするのだが、

最大の問題は、都市の壁との対比であって……。

「でかい」

ミアが極めてシンプルに、その特徴をいってのける。身長が4メートル近くあるんじゃないか。たぶん、あの石も、大岩といっていいくらいなのだろう。

「ジャイアント?」

「そんな感じかなあ」

ミアは「進撃のジャイアント」と小声で呟く。

いや、ネタはいいから。

「そのまわりにも、モンスター、いる」

「ここからじゃよく見えないけど」

ぼくとミアは顔を見合わせる。

「モンスターに襲われているね、あの町」

「ジャイアントが町の壁を攻撃しているってことは、籠城《ろうじょう》しているのか」

ぼくはため息をつく。城塞《じょうさい》都市は、いままさに、モンスターに襲われていた。

さて、どうするべきか。あの町の住人がなんであれ、モンスターの敵は、ぼくたちにとって潜在的に味方になりうる。

だが、MPを使い果たしたいまのぼくと、ミアだけでは……。

第75話　外の世界

ぼくたちは太陽を背に、丘の上に立っている。

北を見下ろせば、城塞《じょうさい》都市がある。そこまでの距離は、おおよそ５キロというところか。

ミアがリュックサックから双眼鏡を取り出し、ぼくに手渡した。おまえのリュックサック、ほんとどれだけのもの詰め込んでるんだよ。

ぼくはミアの双眼鏡を覗き込み、町の付近を観察する。

城塞《じょうさい》は東に山を抱いているため、モンスターによる攻撃は西から行われていた。

仮にジャイアントと名づけた身長４メートル近くあるだろう巨人型モンスターが、城壁を破《は》砕《さい》すべく大岩を投げつける。

ジャイアントの数は、６体。城壁が保つのかどうか、破られるとしてあとどれくらいの猶予《ゆうよ》があるかはわからない。

ジャイアントの周囲には、少なく見積もっても１００以上の豆粒が見える。

一粒一粒が、モンスターだ。

そのうちのどれくらいが、雑魚《ざこ》オーククラスなのだろう。

そして町を守る兵士たちには、どれくらいのちからがあるのだろう。

ぼくはミアに双眼鏡を返す。ミアはしばしそれを覗き込んでから、双眼鏡から目を離す。互いに顔を見合わせる。

ともに相手の表情を観察して、思惑を窺《うかが》う。

ミアは相変わらずの眠たげな無表情で、こちらに思考を読ませないが……。

その片眉がぴくりと釣り上がった。なるほど、とぼくは思う。

「助けにいきたいか」

「ん」

「そもそも、あそこの町にいるやつらが敵になるか、味方になるかもわからないんだぞ」

「でも、敵の敵は、味方として使えるかもしれない」

正論だった。

というかそれは、昨日からさかんにぼくが自分自身にいいきかせていた言葉だ。

オークと独自に戦っていた高等部は、ぼくたちにとって、敵の敵だった。それでもぼくは、シバを排除した。

敵の敵が常に味方とは限らない。だからといって、次の「敵の敵」まで色眼鏡で見るべきではないのだろう。

おそらく、ミアが正しい。ぼくだったら、ここまでシャープな判断ができたかどうか。

彼女がついてきてくれて、本当によかったと思う。

「でも、とりあえず」

といってミアはぼくの手を引き、その場に腰を下ろす。

ぼくも彼女にならい、草むらに座る。というか、へなへなと倒れるといった方がいい感じだ。

「休憩」

「ああ……そうだな」

ぼくたちは疲労困憊《ひろうこんぱい》していた。

慣れない洞窟《どうくつ》のなかでの戦い。ただでさえ緊張する状態が続いていたのである。

しかも、現在、ぼくのMPはほとんど残っていない。

ミアの方は半分以上残っているだろうが、それでも敵があれだけの数ともなれば、万全を期したいところだろう。

アリスかたまきのどちらかでもいれば、また判断は変わっただろうが……。

ぼくたちはふたりとも、魔法使い《キャスター》である。MP切れした魔法使いほど無力な者はいない。いまのぼくたちが救援に向かっても、犬死にするだけだ。

2体のウィンド・エレメンタルには待機を命じる。

向こう側に残してきてしまったアイアン・ゴーレムとのリンクを切る。ディポテーションによるMP回復は、対象が近くにいないと使用できない。もったいないが、MP36をまるまる捨てるしかなかった。

ミアがぼくによりかかってくる。あぐらをかくぼくの脚に顔を乗せ、視線を合わせ、目を細める。ぼくの背中側で輝く太陽が、なんともまぶしそうだった。

「疲れた」

「少し寝ていてもいいよ」

「んー、もったいないから、それはしない」

「なにがもったいない？」

「せっかく、カズっちとふたりきり」

あー、まあ、それはそうかな。

白い部屋でさっき、ふたりきりだったわけだけど。

これからあのモンスターたちと戦うなら、また白い部屋にいくんだろうけど。

「じゃあ、なにか話をするか。次の戦いの方針とか」

「カズっち、それ女の子とふたりきりのときに話すことじゃない」

「ぼくにレディのエスコートを期待しないでくれ」

ミアはくすりとして「じゃあ、それでいいよ」という。

「第1目標は、情報収集？」

「そうだね。あの町のひとたちには悪いけど、一番重要なのは、いまなにが起きているのか知ることだ。といっても、たぶんこの世界の人間と言葉が通じることは期待できないから……」

「最低限、モンスターとの関係と、友好的かどうか程度だけでも?」

「うん。今後を考えても、この世界の標準的な人間、あるいはそれに類するひとたちがぼくらを受け入れてくれるのかどうかは、知っておきたい」

「それ……」

ミアはなにかいいかけて、言葉に詰まる。

いや、なにをいいたかったか、ぼくにはわかっている。どうして黙ったのかも。

でもぼくは口に出そう。その可能性は、遅かれ早かれ考慮しなければいけないことなのだから。

「この世界に永住しなきゃいけない可能性、そうじゃなくてもこの世界で長く暮らさなきゃいけない可能性を考慮して、だ」

「ん」

ミアは、きゅっと唇を噛《か》む。

彼女がなにを葛藤《かっとう》しているのか、そこまではわからない。

考えてみれば、ミアはぼくやアリスやたまきと、少し事情が違う。

捨て鉢になって、この先のことを完全に諦《あきら》めていたぼく。もともと孤児で、養子となり、しかし両親との折り合いが悪かったアリスやたまき。

対してミアには、きちんと家族がいる。お兄さんのことだって、なんだかんだでとても気にかけている。

彼女はきっと、もとの世界に戻ることを切望しているだろう。

ぼくやアリスやたまきは……どうなのだろう。

たしかに、こんな世界よりは、日本の方がいい。だけど、じゃあ日本にどうしても待っている誰かがいるかといわれると……。

ぼくの両親とは、ぼくをあの学校に押し込めたあと、音信不通になっている。彼らはきっと、ぼくのことなんて忘れているだろう。もともと、うん、そういう家庭だったのだ。

アリスやたまきの話を聞くに、彼女たちも似たようなものなのだろう。

オークたちが襲ってくるような危険な場所から逃げたい、きちんと電気や食糧が確保されたところに戻りたいという気持ちは強くあれど、じゃあ命に代えてもというほどのモチベーションは……。

ぼくに至っては、ひとを殺している。シバをこの手で殺《あや》めている。

あれは先にシバの側が攻撃してきたのだし、状況的にも必要なことだった。

だからといって、もとの世界に戻ってすべてが白日のもとにさらされたとき、まわりはどう思うだろう。

その後ぼくが生きやすい環境が得られるとは、ちょっと思えない。

まあ、だからといってこの世界で暮らしたいとは、とうてい考えられないのだけれど。

そもそも、この世界のことなどなにも知らないも同然ではあるのだから……。

うーん、いまの段階で考えても仕方がないことか。

「あのね、カズっち」

ぼくの内心をどれほど推察したか、ミアがその手を伸ばし、ぼくの頬《ほほ》にぺたんと触る。

ひんやりとした手だった。だけど、安心できる心地よさのようなものが、全身に広がっていく。

なんというか、ミアと一緒にいると、気が抜けるのだ。

その気取らないところは、ひとをほっとさせる雰囲気は、彼女の一番の長所だと思う。

「ミアは癒《い》やし系だな」

そういうと、小柄な少女はきょとんとして小首をかしげた。

「萌《も》えキャラではある、けど」

「自分で萌《も》えキャラとかいうな」

ぼくは肩をすくめる。

◆◆◆

そうして30分ほどたった。

そろそろ偵察《ていさつ》することにする。カラスを呼び出し、恒例となったリモート・ビューイングをかける。

ぼくの視点が、カラスのそれになる。カラスは空へ舞い上がると、風を捕まえ、城塞都市《じょうさいとし》へ飛んでいく。

ほどなくして、戦場の様子が見えてくる。

日に焼けた赤い肌の巨人が、横に6体並んで、次々と大岩を城壁にぶつけていた。近くで見ると、城壁のあちこちにヒビが入り、いましも壊れそうな雰囲気だ。

ジャイアントの周囲には、緑の肌の兵士らしき者たちがいる。革鎧《よろい》をまとい、かぶとも被っているから顔がよく見えないけど、人間ではないようだ。きちんと研がれた剣と盾を背負い、いまは弓と矢を構えている。

緑肌の兵士の数は、おおよそ200体前後だろう。

ほかにヘルハウンドとはまた様子の違う灰色の狼や、黒いローブをまとった人影の存在も確認できた。

カラスは旋回し、城塞《じょうさい》都市の方を向く。壁の上に立つ人影の姿を確認する。

そう、人だ。

モンスターと戦っているのは、人間だった。悲痛な表情で、それでも必死になってバリスタに掴まっている屈強な男たちの姿が見えた。

指揮官らしき男が声を嗄らして叫ぶ。部下たちがバリスタに太い矢をセットし、それが発射される。

だがその矢は、ジャイアントに到達する前に、黒いローブのモンスターたちが放つ無数の炎の矢によって迎撃《げいげき》された。太い矢は、空中で破砕《はさい》されてしまう。

あれは、フレイム・アローか。

黒いローブ1体につき、同時に3本の炎の矢を放っていた。

ということは、こいつら全員、最低でも火魔法ランク3か……。

5体以上にも及ぶ、魔術師型モンスター。これはジャイアントより厄介《やっかい》かもしれない。

黒いローブたちが、今度は一斉に火球を放つ。おそらくは火魔法のランク3、ファイア・ボムだ。

火球がバリスタに命中し、爆発する。

バリスタが炎上した。

その周囲にいた数名の兵士たちの身体が、炎に包まれる。彼らが城壁の下に落ちていく。たぶん悲鳴をあげているのだろうが、あいにくとリモート・ビューイングで声までは伝わらない。

それがよかったのか、悪かったのかはともかく、どこか現実感のない光景だった。まるでハリウッド映画のようだった。

かろうじて脱出できた無事な兵士たちは、大慌《おおあわ》てで逃げようとして……。

町を包む壁が、おおきく揺れる。ジャイアントの投げた大岩が、いい感じに壁に命中したのだ。

壁の上を構成する木板の一部が外れ、兵士たちの足場が倒壊する。男たちが、落下する。闇《やみ》に呑まれていく。

壁の一部、上段の部分が崩壊《ほうかい》した。幸いにして、一部分が破壊されたとしても、それは人間がとりつけるほどの高さではないのだが……。

あ、ジャイアントが前進していく。そうか、4メートルの巨人なら、あそこから這い登れるかもしれない。

これは……まずいなあ。

カラスはぼくの思惑など感知せず、最初の指示のまま、壁の内部を見てまわる。

壁の内側には、煉瓦《れんが》造りの家が立ち並んでいた。兵士たちが、煉瓦《れんが》で舗装《ほそう》された道を忙しく走りまわっている。

城塞《じょうさい》都市といっても、思ったよりずっと小さい。差し渡しは500メートルもないんじゃないだろうか。

中央に、頑丈そうなお屋敷がある。壁で囲まれた2階建ての屋敷だ。

その庭に、結構な数の人間が集まっている。男も、女もいるみたいだ。

っていうか……一般人？

よくわからないけど、働いている？

そりゃそうか。総力戦だ。ここで負ければ、全滅ルートへ一直線なのだから……。

カラスが旋回し、帰還コースに乗る。ああ、もっと観察したかったな。でも、仕方がないか。

カラスとのリンクを切ったあと、ぼくはいま見た情景をミアに伝える。

ミアは「ん」とうなずき、それから迷うように、戸惑《とまど》うように、何度か首を振った。

「どうした、ミア」

「カズっち」

ミアはなにかを訴えかけるような視線で、しかしひどく遠慮がちに、ぼくを見上げてくる。

なんだろう、彼女はいったい、ぼくになにを要求しているのか。

「ミア、なんでもいってくれ。ぼくはきみの意見を、けっして無下《むげ》にしない」

「でも」

「それとも、ぼくのことが信用できないか」

これはちょっと卑怯《ひきょう》ないいかただな、と自分でも思う。

だいいち、ぼく自身がぼくのことをてんで信用できちゃいない。

でも、いまのミアに口をひらかせるには、そこそこ有用な言葉だろう。

はたしてミアは、ちいさくうなずく。2、3度、口をぱくぱくさせたあと、意を決したように、今度はちから強く首肯する。

「カズっち。あのね、わたし、実はね……」

そういって、ミアは告げる。

彼女の本当の心を、ぼくに開示してくれる。

「わたしは、田上宮観阿《たがみやみあ》は、英雄に、憧れてる」

第76話　ミアの願望

「ずっと、兄をそばで見ていた」

ミアは皮肉めいた笑みを浮かべて、そんなことをいう。

「本当にすごいひとって、どういうものか、その見本がすぐ近くにいた。わたしは、ずっと、ひどく劣等感《れっとうかん》を抱いてた」

なるほど、そりゃ結城《ゆうき》先輩の妹であるなら、そうなのかもしれない。

ぼくには兄や姉なんていないけれど、漠然《ばくぜん》とそう思う。

「兄は、まぶしかった。なにをやっても、一流だった。ううん、超一流だった。努力の方向性はいつも間違ってたから、まわりはあまり評価しなかったけど」

「うん、それはよくわかる」

「でも、わたしには、そこまでの才能がない」

あれと比べるのが間違ってる。そう口に出したかったけど、やめた。

そんなこと、ミアが誰よりよく理解しているだろうから。

超一流のそばで生まれ育ったなら、それはたしかに、不幸のひとつなのだろうか。

凡人のぼくには、よくわからない。

わかるのは、ミアがぼくに、おそらくはこれまで誰にも吐露《とろ》したことないだろう本音を打ち明けてくれているということだ。

「中二病って、いいよね」

「どういう意味で？」

「妄想は、潰れそうな心を救ってくれる」

ミアは空を見上げる。

ぼくも釣られて、空を見た。抜けるような蒼穹《そうきゆう》に、吸い込まれそうになる。

「わたしが空を飛べたら、兄よりすごいのに、って思った。そんな妄想で、劣等感《れっとうかん》に押しつぶされそうになる心を支えてた。親もとにいたころも、この学校に入ってからも」

「結城《ゆうき》先輩と同じ学校に行くのは嫌、っていえば……」

ミアは首を振った。

「別に、兄が嫌いなわけじゃない。むしろ、わたしは、兄ラブ」

「うん、そうだね」

ぽかりと殴られた。

ミアは、むっすりとぼくを睨《にら》んでいた。えー、なんで殴られるんだ。

「ひとにいわれるのは、腹が立つ」

「理不尽だ」

「理不尽な暴力は、萌《も》えキャラの一要素」

ミアはにやりとする。

「なにかひとつ、兄に勝てれば、きっとわたしは、救われる」

「だから……英雄？」

「兄は、ひとを救えない。……ううん、そうじゃない。誰かに尊敬されるとか、屁とも思ってないだけ、だけど」

ミアは言葉を選びながら語る。結局のところ、彼女は結城《ゆうき》先輩が大好きで、その後ろ姿を追っかけることに夢中なのだろう。

困った兄妹だな、と思う。

兄には、ひとの心が読めても、他人の心を理解してあげることはできないのだとミアはいう。

彼と一般人は、根本的に違う存在なのだと。

それは理解できるかもしれない。

たぶん、結城《ゆうき》先輩は、あまりにも突き抜けすぎているのだ。だから他人の心を知識として理解できても、感情として受け入れてあげることができない。

モンスターだな、と思う。

あの忍者装束の奥で光る瞳《ひとみ》が、ある意味、オークよりも異質な存在に思えた。

ミアは……この小柄な少女は、そんな彼の、ある意味で最大の理解者なのだろう。

「ん。わたしは、たぶん、兄に誇《ほこ》れるなにかが欲しいんだと思う。兄に認めてもらえるような、なにかが。わたしの支えになるような、兄にはないものが、欲しかった」

「結城《ゆうき》先輩が、そんなこと微塵も望んじゃいなくても？」

「これは、わたしの、わがまま」

だから、とミアは首を振る。ぼくのことをじっと見つめてくる。

「英雄願望の仲間なんて、危険なだけ。断ってくれて、構わない。ううん、むしろカズっちの立場なら……」

「ぼくの立場なんて、気にしなくていい。ミア、きみはいま、どうしたい」

「でも」

「ダメなときは、ダメだという。ぼくが危ういと思ったら、遠慮なくきみの意見を却下する。だからきみは、遠慮なくお願いすればいい」

ミアは静かに瞑目《めいもく》する。

「カズっちは、やさしい」

そう呟いて、口もとを釣り上げる。目を開けて、ぼくと視線を合わせる。

「カズっち。あの町は、落ちるかな」

「たぶんね。放っておいたら、ほぼ確実に」


「それで、きみは……」

「町のなかには、ひとが、たくさんいた？」

「なにをもってたくさんというかは、わからないけど……男女、あわせて結構な数のひとが、必死で戦っていた」

「ん。なら……そのひとたちを、守りたい。全員は無理でも、モンスターを全滅させるのは無理でも、ひとりでも多く助けたいって……そんなお願いは、ダメ、かな」

「ずいぶんと控えめなんだな。あそこの敵をすべて倒して町を守る、くらいいわないのか」

ミアは首を横に振る。

「万全の態勢ならともかく、いまの状態じゃ……厳しい」

なるほど、冷静な分析だ。

あれから40分以上は経ってるから、MPが満タンになるまでは、あと30分くらいかな。

30分後、城塞《じょうさい》の戦況は、いっそう悪化していることだろう。

壁が突破されているかもしれない。

そうなれば、もはや町そのものを守るのは不可能といっていい。

もっとも、モンスターが町のなかに雪崩《なだれ》込むというのは、チャンスでもある。

ぼくたちの実力を冷静に考えた場合、全軍を一度に相手にするのは無理でも、各個撃破なら可能だろうからだ。

「壁が壊れて、モンスターが内部に攻め入ったときが、チャンス。ジャイアントから順番に撃破して、敵戦力を削る。こっちのレベルアップも兼ねて一石二鳥」

はたしてミアの思惑も、同様のようだった。

英雄になりたい、といっておきながら、考えているのは実にこすっからい計算である。

まったくもって、頼もしい。

「このへんが、妥当《だとう》な案」

「妥協《だきょう》案なら、もう少しぼくと交渉《こうしょう》してもよかったんじゃ？」

「命がかかった場面で交渉《こうしょう》とか、バカのすること」

ごもっともで。

彼女のいう通り、戦術としてはこのあたりが妥当《だとう》だろう。唯一の問題点は、せっかく発見できた現地住民が片っ端から虐殺《ぎゃくさつ》されることくらいだ。

「現地のひと、ひとりくらいは確保して、会話できるか確かめたい」

「そうだな。宝石に変わるモンスターとか、スキルシステムとか、この世界は謎ばっかりだ」

「会話ができれば、だいぶ謎も解けるはず」

あとは、ぼくたちが転移した場所がこの世界のどこか、という問題もある。

せめてだいたいの場所さえわかれば、ミアが風魔法をランク９にして、光速に近い移動を可能とするシェイプ・ライトニングを使う手がある。

この魔法は使い手本人しか光速移動できないのだが……。

さすがに世界を何周も、何十周も、何百周もする勢いで探せば、学校の山を発見できるだろう。少なくとも彼女ひとりは、山に戻ることができるというわけである。

一応、この世界の広さが地球と同じと仮定した場合の方法ではあるのだけれど……。

じつは地球の何千倍も広いとか、ないよなあ。

ファンタジーってなんでもありだから、けしてないとはいえないわけだけど、物理法則とかは一見、普通だし、ええと遠くのものを見たとき地平線の位置がどうのでわかるんだっけ？

ああもう、ぼくは物理とかよくわからないんだ。

そもそもの問題として、風魔法をランク９まで上げるのがまずたいへん、という話はあるけれど。目の前の軍勢を全滅させても、無理だろうなあ。敵に増援とかが来れば……そんなの、こっちが全滅しそうだ。

やっぱり、一番いいのは、きちんと２時間待って、志木《しき》さんたちが増援を送り込んでくれることをあてこむことか。

町は全滅したとしても、いい感じにバラバラになった敵を各個撃破できる。

ただその場合、ミアが望むような英雄には……とうていなれない。

となると、やはり鍵となるのは、どの段階で介入するか、である。

「フライだと、さっきのカラスと同じくらいの速度で飛べるか。ミア、カラスは何分くらいで城塞《じょうさい》にたどりついた？」

「厳密に測ってないけど、5分以上、10分はかからなかった、と思う」

フライの持続時間は、ランクにつき2分から3分だ。

いまのミアなら、10分から15分。

少しもたもたしていたら、途中で魔法が切れる可能性が出てくる。その場合でも、ゆっくりと地面に落ちていくらしいから、かけなおしは余裕だけど……。

「念のため、8分くらいでかけなおす？」

「いまのうちに、ある程度、接近しておくのは……」

「やめた方がいい。敵に発見される可能性がある。壁が壊れて、モンスターも町のひとも必死になっている最中が、接近のチャンス」

やっぱり、そうなるか。なんか漁夫《ぎょふ》の利《り》を得るような、ますますこすっからい戦い方になるけど……こっちはふたりしかいないんだ、仕方がない。

なにより前衛が使い魔だけなんだから、必然、戦い方も限られてきてしまう。

「壁が壊されてから移動、となると……ぼくたちが向こうに辿り着くころには、敵の全軍が町のなかに入ってそうだ」

「好都合。各個撃破、やりやすい」

そのかわり、ひとがたくさん死ぬ。

たぶん、ほとんどのひとは助けられないだろう。

だがそれでも、全滅よりはマシ、と考えるべきか。向こうが同じことを考えてくれるかどうかは、わからないけれど。

というか、そもそも彼らこの世界の人間が友好的かどうかも不明なのだけれど……。

そのあたりを調べるためにも、接触は必須だ。最低でもひとり、生き残ってくれればいい。

ミアの英雄願望は、彼女自身がよく制御できているのだから、ぼくはあまり気にしなくていいのだろう。

……違うな。

ミアはきっと、自分がそう口にすることで、ぼくのなかに芽生えたかもしれない蛮勇《ばんゆう》を抑えてくれたんじゃないだろうか。

本当のところどうなのかは、彼女も教えてくれないだろうけど。

でも、なんとなくそんな気がする。

だとしたら、なんともたいした中1だ。いやまあ、ミアは最初から、たいしたヤツだったのだけれど……。

「カズっち、いっとくけど、わたしはガチで、兄に認められたいと思ってる」

「あー、そう、か？」

ぼくの内心をどう読んだか、ミアはいう。

でも、とぼくの掌《てのひら》にちいさな手を重ね、続ける。

「それ以上に、カズっちが大切。わたしの勝手でカズっちを危険に晒したくない。昨日の夜は、だから、痛恨《つうこん》」

「あれは……いろいろと不幸な行き違いが重なっただけだ」

ミアの腕を巡る一連の騒動のことだろう。

アリスが勝手な行動をとって、ぼくがそれを勘違いして、最後には、たまきがすべてを繋いでくれた。

いろいろな幸運と少しの不運が重なって、結果的にだいたいうまい方向にまとまった。

ううん、そうじゃない。うぬぼれるようだけど、最後にすべてがよくまとまったのは、ぼくたちのパーティが互いを信じていたからだ。

「ん、わかってる。でも、カズっち。これだけは覚えていて」

ミアは真剣な顔で、ぼくと視線を合わせる。

桜色の唇が、ゆっくりと動く。

「わたしは、カズっちのこと……」

そのとき、だった。

離れたここまで響《ひび》くほどの、おおきな音。ふたりして城塞《じようさい》都市を見下ろせば、いましも町を覆《おお》う壁の一角が無残に倒壊するところだった。

「死亡フラグ立てなくて、よかった」

「おいこら」

ミアはぴょんと跳ねて、立ち上がる。

「いこう、カズっち」

「あ、ああ」

ミアが手を差し伸べてくる。ぼくは彼女の手をとり、立ち上がる。

まったく、こいつときたら。

ミアがフライの魔法を自分とぼくに使う。

ぼくたちふたりが、空に舞い上がる。2体のウィンド・エレメンタルがついてくる。

腕時計を見れば、こちらに来てから、経過した時間は45分程度だった。

まだMPは満タンにほど遠いが……。95くらいは回復したことになるか。

いや、偵察《ていさつ》で魔法を使ったから、実質90くらいか。このMPで、やれるところまでやるしかないだろう。

ぼくたちは、敵に発見されないよう、なるべく低く飛んで、町を目指す。


〈『ぼくは異世界で付与魔法と召喚魔法を天秤にかける』④に続く〉

番外編　志木《しき》 縁 子《ゆかりこ》に天秤《てんびん》はいらない

いまのわたしに、天秤《てんびん》はいらない。切り捨てるものは最初から決めてある。

志木《しき》縁 子《ゆかりこ》にとっては、生きていくことが贖罪《しょくざい》だ。

わたしの臆病な行動で死なせてしまった友人のかわりに、泥水をすすってでも生き抜くこと。

仲間として、部下として、わたしとカズくんを慕《した》ってくれる中等部の子たちを守り抜くこと。

彼女たちを組織化し、育芸館《いくげいかん》組全体でもってモンスターの脅威を排除すること。

いまのわたしにできること。しなければいけないこと、そのすべてをやってのけなければならない。さもなければ、申し訳がたたない。

そう誓い、3日目の今日まで、死にもの狂いで戦ってきた。

この戦いの果てがどうなるかはわからないけれど……。

すべてが終わったとき、彼女はわたしを許してくれるだろうか。

オークたちによって、わたしの目の前でなぶり殺された彼女は……。

「どうしよう」

たまきちゃんが、意気消沈している。じめじめした洞窟《どうくつ》の最深部、グロブスターの広間で、カズくんとミアちゃんが魔法陣に乗って消えてしまった。

たまきちゃんの迂闊《うかつ》な行動が、この事態を招いた。それは事実だ。

落ち込む彼女を、アリスちゃんが慰《なぐさ》めている。

グロブスターは、アリスちゃんが倒した。この気持ちの悪い肉塊は、最後の一撃を食らったあと、露《つゆ》と消えて黄色い宝石に変化した。

グロブスターを倒しても経験値は入らなかったようだ。なんとも不思議なモンスターである。いや、ひょっとしたらモンスターですらないのかもしれない。この奇妙な怪物だけは、ほかと少し違う気がするのよね。

グロブスターが取り込んでいた少女たちは、いま目の前で転がっている。

暗視魔法はあるが、状態をよく確認したいと考え、懐中電灯をつけてよく観察した。粘液にまみれた少女たちは、四肢こそ無事なものの、その全身が病的なほど白くなっている。

アリスちゃんがヒールしたうえでキュア・マインドをかけても、まったく反応がない。心臓だけは動いているようだが、どうやら、もう人間としてダメになってしまっているようだった。

こういうこともあるだろう、と予想はしていた。わたしはでこぼこした天井を見上げて、目をつぶる。

覚悟をきめた。

「ごめんなさい、わたしのせいだ、ごめんなさい、ごめんなさい」

地面にうずくまって泣いているたまきちゃんを横目に見ながら、わたしはナイフを抜き、少したためらったあと……。

動かない少女たちの首を掻き切った。

赤黒い血がシャワーのように飛び散り、わたしの体操着を、頬《ほほ》を濡らす。

致命傷《ちめいしょう》を受けても、少女たちはぴくりともしなかった。

アリスちゃんが驚いてこちらを向いた。たまきちゃんも顔を上げて、唖然《あぜん》としてわたしの行動を見ている。

わたしは全員を殺したあと、立ち上がって、彼女たちにうなずいた。

「こうしてあげるのが、彼女たちのためよ。彼女たちはもう、わたしたちみたいに生き地獄のなかで悶《もだ》え苦しむ必要がないの」

「で、でもっ」

アリスちゃんが戸惑《とまど》ったようにわたしを見る。

わたしはゆっくりと首を振った。

「育芸館《いくげいかん》の子たちで、彼女たちを養うことはできないわ。そんな余裕も、能力もない。わたしたちはいつもギリギリなんだもの」

だから、と宣言する。

「誰を受け入れて誰を切り捨てるのかは、わたしが選ぶわ」

わたしの行為を見て驚いたからか、たまきちゃんは泣き止み、立ち上がった。まだ救いを求めるように、すがるようにわたしを見る。

わたしは内心の葛藤《かっとう》を押し隠し、問題ないとばかりに笑ってみせた。

「カズくんとミアちゃんなら、だいじょうぶよ」

彼女の金髪をやさしく撫《な》でる。

「カズくんがいっていたでしょう。2時間後だ、って」

「え？　2時間……後？」

「サモン・サークルよ。2時間後に、育芸館《いくげいかん》の地下室につくった魔法陣に乗るの。たまきちゃん、あなたとアリスちゃんが、カズくんを助けにいくのよ」

「あ……っ！　はい！」

たまきちゃんは、ぱっと笑顔になって元気よくうなずく。

「わかったわ、そうときまったら、すぐ育芸館《いくげいかん》に戻らないと」

「待ちなさい。時間はまだあるわ。いまのうちにこの洞窟《どうくつ》の反対側も調べておきましょう」

「で、でもっ」

「今度こそ、無事な生徒を発見できるかもしれないわ」

そういって、アリスちゃんの方を向く。

心優しい少女は、わたしが殺したグロブスターの犠牲者《ぎせい》の死体をじっと見つめていた。泣きそうな顔をしている。

「さあ、手伝って。この子たちを外に運び出しましょう」

それに、このままでは戦力的に不安がある。

わたしたちは、一度、洞窟《どうくつ》の入り口まで戻り、桜ちゃんたち待機組の3人と合流した。

わたしたちが担いできた少女の遺体を見て、桜ちゃんが息をのむ。

「そのひとたちは……」

「埋葬《まいそう》をお願いできるかしら」

火魔法使いのふたり、百合子《ゆりこ》ちゃんと潮音《しおね》ちゃんに、埋葬《まいそう》を任せた。

ふたりとも、粛々《しゆくしゆく》と穴掘りをしてくれる。カズくんの指導で穴掘りにはだいぶ慣れたと、そういって笑ってみせていた。

「桜ちゃん、こっちのパーティに入ってくれる？」

「はい。でも、ここの見張り、百合子《ゆりこ》先輩と潮音《しおね》のふたりだけ、ですか」

「洞窟《どうくつ》からオークが出てくることは、もうないと思うから……。危なくなったら、洞窟《どうくつ》のなかに逃げて、わたしたちに合流すればいいわ」

かくしてわたしたちは、桜ちゃんと4人でパーティを組みなおして、分かれ道の反対側を目指す。

途中で襲ってきたオークを、手際よく倒していく。

数体目で、桜ちゃんがレベルアップした。白い部屋にワープする。

さて、ここではいろいろとやるべきことがあった。

「まずはこの黄色い宝石について調べましょうか」

ノートPCでQ&Aしたところ、黄色い宝石は、赤い宝石の百倍の価値があることが判明した。

「グロブスターさん、お金持ちなんですね……」

アリスちゃんのピントのずれた言葉に、皆が笑う。いつも表情が変わらない桜ちゃんも、少し口もとをつり上げて、わずかながら喜色を浮かべていた。

そんな様子を見ていて、天然は強いな、と思う。ほんと、カズくんもこれくらい素直な子なら楽なんだけど……。

首を振る。ううん、カズくんのひねくれた態度に対して、わたしにいえることはなにもないわね。彼は精一杯やっている。わたしが彼を利用していることも理解して、そのうえで最善を尽くそうとしているのだから。

なにより、彼がひねくれて用心深かったからこそ、わたしたちは昨日と一昨日《おととい》を生き延びることができた。

ほんと、たいしたひとだと思う。

ひとの真価は危機に際しての対応でわかるというけれど、だとしたら、追い詰められれば追い詰められるほど強くなる彼のことは、いったいどんな言葉で表現すればいいのかしら。

きっとミアちゃんなら、英雄とか勇者とか、そういう大げさな言葉で……。

違うわね。ミアちゃんの場合、漫画とかアニメで例えるかしら。

……ええ、どうでもいいことね。

いつしかわたしは、じっと自分の手を見つめていた。なぜ彼女たちの前で、そんな迂闊《うかつ》をさらしたのだろうと思う。わたしは、強くなきゃいけないのに。

「志木《しき》さん、次は」

桜ちゃんが、わたしに向き直る。

「わたしが、殺します」

「なにを」

「連れていけないひとがいたら、です。わたしなら、覚悟、できてます」

わたしは唇を噛《か》む。なんて失態だ。内心の葛藤《かっとう》を、あっさりと見透かされてしまった。

「ダメよ。これはわたしの仕事。この先、育芸館《いくげいかん》で生きるべき人間を選別するのは、わたしの権利よ」

「アリス先輩とたまき先輩には、させません。でも、わたしは……できます」

わたしは首を振った。

彼女の申し出は嬉しく思う。でもこれは、わたしのけじめなのだ。

しかし桜ちゃんは、なおも依怙地《いこじ》を張る。

「あなたが壊れてしまっては、困るんです。わたしたち全員が、あなたを必要としているんですよ」

桜ちゃんは、じっとわたしを見つめてくる。わたしは彼女から逃げるように、顔をそむけた。

◆　◆　◆

洞窟《どうくつ》の奥にいくほど、蒸し暑くなっていく。

不快な湿気とともに、鼻が曲がりそうなほどの腐った臭いが強くなる。

「帰ったら、お風呂に入りたいわね」

そんな軽口を叩きながら、次々と押し寄せるジャイアント・ワスプを始末していった。

「この奥、やっぱり、ハチの巣……なのかしら」

「女王蜂《じょおうばち》とか、戦いたくないですね」

アリスちゃんが苦笑いする。冗談のつもりなのかもしれないけれど、あまり冗談になっていないわね。

ほんと、いまの戦力で女王蜂《じょおうばち》は御免こうむりたいわ。

一度戻って、百合子《ゆりこ》ちゃんと潮音《しおね》ちゃんも連れてくるべきかしら。

少しだけその選択肢を検討した。

ううん、やめておきましょう。

この洞窟《どうくつ》のなかなら、たまきちゃんとアリスちゃんが前列に立って、その後ろから桜ちゃんが牽制《けんせい》を入れる程度で、戦線は完璧《かんぺき》に構築できてしまう。

下手な火魔法の攻撃は、むしろ同士討ちの危険が増えるだけね。この世界はゲームじゃない。フレンドリー・ファイアが起こりうる現実なのだから。

そもそも、剣術がランク7のたまきちゃんが、この場ではあまりにもオーバースペックなのだ。

彼女が銀の剣を振るうだけで、蜂《はち》から発射される針はすべて切り伏せられてしまう。あとはアリスちゃんがジャベリンを投擲《とうてき》して……はい、終わり。

イージーモードだ。

桜ちゃんは出番がなくて暇をしていた。といっても、わたしはもっと暇だ。それでいい。わたしたちふたりは、あくまでも予備、支援要員なのだから。

そして、洞窟《どうくつ》のこちら側の最深部にたどり着く。

懸念《けねん》されていたような蜂《はち》の女王はいなかった。

かわりにいたのは、ここに連れてこられた少女たちだった。高等部と中等部の生き残りである。皆、藁《わら》の上に全裸で横たわり、風船のようにお腹をおおきく膨《ふく》らましていた。

彼女たちの大半は、うつろな瞳《ひとみ》で天井を見上げていた。

「こ、これって……っ」

アリスちゃんが、押し殺した声で呻《うめ》く。

ひとりのお腹が、もぞもぞと動いた。少女の絶叫があがり、股の間から粘液でぬめる胎児《たいじ》サイズの蜂《はち》が生まれ出る。

蜂《はち》は、すぐさま侵入者のわたしたちを敵と見定め、翼を広げて襲いかかってきた。

一歩、進み出たたまきちゃんが、すかさず切り捨てた。

「レベルアップ、したわ」

◆　◆　◆

「なんなんですか！」

白い部屋で、アリスちゃんが泣き叫ぶ。

「なんなんですか、あの部屋！　どういうことなんですか！」

どうやら、彼女には少々、刺激が強すぎたようだ。

無理もないけれど。わたしは薄々、こんなこともあるのではと考えていたからか、少し驚いた程度で済んだ。桜ちゃんは、相変わらずあまり表情が変わらないから、わからない。

そしてたまきちゃんは、泣いて膝から崩れるアリスちゃんを抱いて、赤子をあやすように宥《なだ》めていた。

さっきとは、まるで逆の構図だ。

このふたりの仲のよさ、相性のよさは、こういったところでも存分に発揮されているなと思う。つまり、どちらかが壊れそうになったとき、すぐもう片方が手を差し伸べることができる。

互いに支え合う、ふたり。

彼女たちが揃ってカズくんを慕《した》っているのは幸いだった。ふたりの結束は、きっとどこまでもカズくんを助けるだろうから。

「女性の胎内《たいない》で蜂《はち》を育てるなんて、無茶苦茶です」

桜ちゃんが呟く。うん、もっともだと思うわ。でもここは、わたしたちの常識が通じる世界じゃない。

「あの蜂《はち》も宝石を落とすわ。つまり、モンスターなのよ。わたしたちはいまだ、モンスターがどうやって生まれるのか、その仕組みを知らない。人間の女性の胎《はら》を使う儀式とか、魔法とか、そういったものがこの世界には存在するのかもしれないわね」

そう考えると、オークの魔法使いが指示して女性をこの洞窟《どうくつ》に連れ込んだことなどが納得いく。3日目の今日になって、唐突に蜂《はち》などという新戦力が生まれたこともだ。

孵化《ふか》には、相応に時間がかかるのだろう。

それが今朝《けさ》で、そしてまだここには、孵化《ふか》のときがきていない蜂《はち》を胎内《たいない》に抱えた少女たちがいる。

「アリスちゃん。ここから出たら、すぐに仕事をしてもらうわよ」

「わたしが……ですか」

ようやく泣き疲れて落ち着いたアリスちゃんに話しかける。いまのうちに打ち合わせをしておくべきだろう。これ以上、犠牲《ぎせい》者が増えないためにも。

「わたしが女の子たちのお腹を裂《さ》いて、なかの蜂《はち》を殺すわ。あなたはすぐにヒールをかけてあげるの。いいわね」

「お腹を……っ」

絶句する彼女に、しかしわたしは「必要なことよ」と強く宣言する。

「彼女たちを救うためにも、敵の戦力をこれ以上増やさないためにも、わたしたちがやるの。わたしたちが、彼女たちを助けるのよ」

アリスちゃんは泣きながら、うなずく。

凄惨《せいさん》なことになるだろう。でも、やらなきゃいけない。

あの場にいる少女たちの大半は、もうひととして使い物にならないかもしれないけれど……

そのなかに少しでも、またふたたび立ち上がれる子がいるなら。

わたしは、そのひとり、ふたりを助けるために、どこまでも戦ってみせよう。

それがきっと、贖罪《しょくざい》になる。

わたしが手を握ってしまったせいで、わたしが引き留めてしまったせいで、オークによって殺されてしまった彼女。逃げることができなかった彼女に対する、それが精一杯の償《つぐな》いなのだ。

たまきちゃんの剣術スキルをランク8にして、もとの場所に戻る。

たまき：レベル19　剣術7→8／肉体1　スキルポイント9→1

◆◆◆

それから先の出来事は、あまりに陰惨《いんさん》すぎて、思い返す気がしない。

わたしは、やるべきことをやった。アリスちゃんが治癒《ちゆ》魔法をかけた以外、誰にも手伝わせなかった。

幼生状態の蜂《はち》でも経験値が入るのか、途中でレベルアップした。もっとも、成虫ほどの経験値は得られないようで、オーク1体と同じくらいの経験値しかもらえていなかった。それでもかなりの数の幼生を殺したから、そこそこの稼ぎにはなった。

生き残った女の子のうち、正気を失わず、殺してくれといわなかったのは3人だけだった。その3人だけは、育芸館《いくげいかん》に連れ帰った。残りの遺体は、数が多かったため、洞窟《どうくつ》に放置せざるを得なかった。

育芸館《いくげいかん》に戻ったわたしたちは、貴重な油を使って発電機を動かした。シャワーを浴びるためだ。この館がガスではなく電気式の湯沸しシステムでよかったと思う。

約束の2時間が迫っていたから、アリスちゃんとたまきちゃんに、先にシャワールームを使わせた。

ふたりはさっぱりしたあと、館の地下にカズくんが用意した魔法陣に乗った。転移させられる先になにが待っているのかもわからないというのに、まったくためらわなかった。

カズくんは、彼女たちの忠誠に対して、もっともっと報《むく》いてあげるべきだろう。

転移の時間を待たず、わたしはシャワーを浴びた。

熱いお湯が、全身の血を洗い流していく。

ううん、あのときわたしは体操着を着ていたし、その体操着も洗濯してもらっている。皮膚《ひふ》についた血はタオルであらかた拭《ふ》き取ったのだから、血まみれというわけではなかった。

でも濃厚に染みついたあの腐臭《ふしゅう》、人間の腹を裂《さ》き、喉を切るあのおぞましい感覚に蝕《むしば》まれたままのいまのわたしにとって、頭上から降ってくるその熱さは、おおきな救いに思えた。

それに、ほら。

これだけ勢いよくシャワーを流していれば、嗚咽《おえつ》も外には漏《も》れない。

わたしが泣くことは、全体の指揮の低下に繋がる。わたしが気落ちすることは、皆を不安にさせる。だから、人前では常に強い志木《しき》縁子《ゆかりこ》であらねばならない。

でも、いまは。いまだけは。

胸を抱き、顔を伏せて、わたしはひとり、涙を流す。

膨大《ぼうだい》な水を無駄遣いすることになるけれど、そのあたりは召喚《しょうかん》魔法の使い手の子たちにがんばってもらおう。

クリエイト・ウォーターはとても偉大な魔法だ。

流れ落ちる水は、わたしの感情すら洗い流してくれる。

「バカみたい、わたし。意地を張るのもたいがいにしなさいよ」

思わず呟いてしまったあと、唇をきつく噛《か》んだ。

乳房を包む手にちからを込める。

苦痛が、救いだ。

この痛みがある限り、わたしの心は潰れない。

「バカ、みたい」

もう一度だけ、呟いた。

あとがき

初めまして。横塚司《よこつかつかさ》です。

1巻、2巻はページ数がギリギリだったため、この3巻で初めて、あとがきのページをとれました。

といっても、なにを話せばいいのか、いざとなると難しいものですね……。この物語の内容については、なにを話しても、先の展開のネタバレになりそうですし。

いまさらですがWeb版とこの書籍版との変更点について。

本作は、『小説家になろう』というWebサイトで連載している同名タイトルの書籍化です。イラストで映えるように、とのこともあり、Web版ではジャージだったヒロインたちの服装が本書では体操着となっています。

防具としてそれはどうなんだというツッコミはもっともですが、運動性の確保と考えてください。某、戦姫が7人出てくるアニメでも、外が吹雪なのにやたら軽装だったりしたのと同じということで……。

そのほか、一部の魔法が名前と効果をちょこっと変更させていますが、物語の本筋で変化が生じるものではありません。気にしない方向でお願いします。

もともとは某艦隊擬人化ゲームをやりながら疲労抜きの合間に書いていたこの物語、初投稿から20日ほどで書籍化のお話がきたときは「こんな物語でだいじょうぶか」とPCの画面を前にマジ顔で呟いたものですが、幸いにして1巻、2巻の売れ行きも上々とのことで、この先も刊行を続けられそうです。

どこまでいけるかわかりませんが、ちからいっぱい頑張っていきたいと思います。

たった3巻でものすごいちからのインフレが進んだ感もありますが、この先もますますインフレしていきます。それに伴い舞台も広がり、戦いの規模もインフレします。

まだまだ続くカズくんたちの戦いの道《ロード》、どうかお楽しみに。

ぼくは異世界《いせかい》で付与《ふよ》魔法《まほう》と召喚《しょうかん》魔法《まほう》を天秤《てんびん》にかける③

2015年5月2日　初版発行

著者　横塚《よこつか》 司《つかさ》
発行者　赤坂了生
発行所　株式会社双葉社
〒162-8540
東京都新宿区東五軒町3-28
電話　03-5261-4818(営業)
　　　03-5261-4851(編集)
http://www.futabasha.co.jp
(双葉社の書籍・コミック・ムックが買えます)
印刷・製本所　三晃印刷株式会社
フォーマットデザイン　ムシカゴグラフィクス

落丁・乱丁の場合は送料双葉社負担でお取り替えいたします。[製作部]あてにお送りください。

ただし、古書店で購入したものについてはお取り替えできません。

[電話]03-5261-4822(製作部)

定価はカバーに表示してあります。

ISBN978-4-575-75035-5　C0193
Printed in Japan

Mよ01-03

とある高校の学生が全員まとめて異世界に転移した。転移によってチートな能力を得た学生たちの争いに巻き込まれ、モンスターの跋扈する危険な森をさまよっていた真島孝弘を助けたのは、1匹のスライムだった!? ——孝弘には〝モンスターを眷属にする能力〟が与えられていたのだ！ スライムにリリィと名付け、さらにマジカル・パペットのローズを眷属に加えた孝弘は、数日後、森の中で学校一の美少女・水島美穂の死体を見つけた。水島美穂の死体を体内に取り込んだリリィは、彼女の姿に擬態し——健気なモンスターたちと紡ぐ、異世界サバイバルファンタジー！

モンスター文庫

宝くじで40億当たったんだけど異世界に移住する
1
すずの木くろ
Suzunoki Kuro
ill 黒獅子
Kurojishi
ある日試しに買った宝くじで、一夜にして40億円もの大金を手にした志野一良。金に群がるハイエナどもから逃げるため、先祖代々伝わる屋敷に避難した一良だったが、その屋敷は飢饉にあえぐ異世界の村に繋がっていた！ そこで美しい少女・バレッタと出会い、彼は村を救うことを決意する。やがて一良の活躍は村を越え、領主の耳にも入り——。現世と異世界を往来しながら、お金の力で異世界発展。時に物資を、時に技術を持ち込み、一良は新たな世界で人々を救い出す。「小説家になろう」で大人気、異世界救世ファンタジー!!
モンスター文庫

モンスター文庫

銃を持ったコンビニ強盗相手に、モップ一本で立ち向かうような高校生・藤原総司。彼はバイト先のコンビニが閉店してしまったので、新しいバイトを探していた。そんなとき、総司は尖り帽子にローブを着た、いかにも魔女な外見の美女・ヘリオドールが道端で項垂れているのに出くわす。何事かと様子を見に行くと、辺りにはチラシが散乱していた。「異世界の役所でアルバイト……？」「あっ、時給高い！」こうして、総司はファンタジー＆ハーレムな異世界の職場に飛び込んだ――「小説家になろう」発、大人気お仕事ファンタジー、全編大幅書き直しで待望の書籍化！

発行・株式会社　双葉社